Giovanni Battista Piranesi

Diversi maniere d'adornare i cammini

Giovanni Battista Piranesi

Diversi maniere d'adornare i cammini

ISBN/EAN: 9783742808783

Manufactured in Europe, USA, Canada, Australia, Japa

Cover: Foto ©Andreas Hilbeck / pixelio.de

Manufactured and distributed by brebook publishing software
(www.brebook.com)

Giovanni Battista Piranesi

Diversi maniere d'adornare i cammini

DIVERSE MANIERE
D'ADORNARE I CAMMINI

ED OGNI ALTRA PARTE DEGLI EDIFIZJ

DESUNTE DALL' ARCHITETTURA EGIZIA, ETRUSCA, E GRECA

CON UN

RAGIONAMENTO APOLOGETICO

IN DIFESA DELL'ARCHITETTURA EGIZIA, E TOSCANA

OPERA

DEL CAVALIERE GIAMBATTISTA PIRANESI ARCHITETTO.

DIVERS MANNERS
OF ORNAMENTING CHIMNEYS

AND ALL OTHER PARTS OF HOUSES

TAKEN FROM THE EGYPTIAN, TUSCAN, AND GRECIAN ARCHITECTURE

WITH AN

APOLOGETICAL ESSAY

IN DEFENCE OF THE EGYPTIAN AND TUSCAN ARCHITECTURE

BY JOHN BAPTIST PIRANESI KNIGHT AND ARCHITECT.

DIFFÉRENTES MANIERES
D'ORNER LES CHEMINÉES

ET TOUTE AUTRE PARTIE DES EDIFICES

TIRÉES DE L'ARCHITECTURE EGYPTIENNE, ETRUSQUE, ET GREQUE

AVEC UN

DISCOURS APOLOGETIQUE

EN FAVEUR DE L'ARCHITECTURE EGYPTIENNE, ET TOSCANE

PAR LE CHEVALIER JEAN BAPTISTE PIRANESI ARCHITECT.

IN ROMA MDCCLXIX.

NELLA STAMPERIA DI GENEROSO SALOMONI
CON LICENZA DE' SUPERIORI.

DIVERSE
D'ADORNA[
ED OGNI ALTRA PARTE
DALL'ARCHITETTVRA EGIZL]

PRESE[

MONSIG D·GIO[
REZZO[
NIPOTE·E·MA[
DELLA·SAN[
PP·CLEM[
E·GRAN·PRIO[
DELLA·SAC·[
GEROSOL[

DAL CAV·GIOVAMB[
SVO ARC[

C ON in fronte il voſtro riſpettabile nome eſcono, o Signore, alla publica luce queſte mie tavole. Devo queſto nuovo atteſtato della mia riconoſcenza a nuovi ſingolari benefizj, di cui mi trovo arricchito, e da voi medeſimo, e per mezzo voſtro dall' Ottimo Santiſſimo Pontefice voſtro Zio. Se a tanta beneficenza, e degnazione non potrò corriſpondere, (e quando potrollo mai abbaſtanza?) ſaprò almeno conſervarne perpetua la memoria: e ſaprò in ogni occaſione far paleſe al mondo tutto, quanto io vi debba.

Ma ſebben anche io non aveſſi un sì giuſto titolo per offerirvi queſta mia fatica, non vorrei certamente, che ella ſotto altro auſpicio, che il voſtro uſciſſe al Publico. E da chi potrei io ſperare un più favorevole accoglimento, che da voi, o Signore, il quale tanto mi avete infuſo e di coraggio per intraprenderla, e di ardore per condurla a compimento? L' approvazione, di cui avete onorato, e i diſegni impoſtimi dal Santiſſimo Padre pel compimento della Baſilica Lateranenſe; e quei che ho lavorati per ornamento delle voſtre ſtanze, e pel Senatore voſtro fratello, Signore, che alle nobili gentili maniere, per cui è l'amore, e la delizia di Roma, uniſce un egual finezza di genio e di diſcernimento: ma ſopratutto l'approvazione data a quanto ho fatto ſu l'Aventino in quel voſtro gran Priorato da voi con magnificenza degna del voſtro nobil animo rinovato, anzichè riſtorato, queſta approvazione dico, mi ha fatto ben conoſcere, e il voſtro genio per le belle arti, e il voſtro impegno per l'avanzamento delle medeſime. Ho ravviſato in eſſa, o Signore, che poco contento delle moderne maniere di abbellire le opere architettoniche avreſte anzi voluto, che i noſtri Architetti nelle loro opere non le greche maniere uſaſſero ſoltanto, ma le Egizie altresì, e l'Etruſche, e con ſaggio, e avveduto temperamnto, prendeſſero da coſtoro monumenti, quanto eſſi ci preſentano di vago, e di bello. Saggio e nobile penſiero, ſe altro mai! Così in fatti fecero i Romani, che dopo avere uſata per più ſecoli l'etruſca architettura, adottarono poi anche la greca; e l'una, e l'altra unirono inſieme. Lo abbiamo chiaramente in Plinio, preſſo cui leggiamo, che il Tempio di Cerere nel Circo Maſſimo fabricato già con etruſca architettura, fu abbellito in appreſſo, coi ſtucchi e con le pitture di Demofilo, e Gorgaſi greci artefici e nell'uno, e nell'altro genere profeſſori di alto grido. Vitruvio medeſimo con dar precetti dell'una e dell'altra maniera baſtantemente conferma, ſe mal non mi appongo, l'uſo che i Romani fecero della Etruſca, e della Greca architettura. Per l'Egizia poi oltre i Tempj dedicati a' Dei d'Egitto, che dovettero eſſere di maniera Egiziana, non ce ne laſciano dubitare le ſtatue collocate dall'Imperadore Adriano nella ſuperba ſua Villa di Tivoli. E ben può affermarſi, che eſſe furono poſte in portici, in camere, e altri ſimili vaſi formati anch'eſſi ſul guſto egiziano. Se le rovine di queſta Villa non foſſero in sì deplorabile ſituazione, io non dubito, che così ſi vedrebbe eſſère ſtato, conforme io vò appunto diviſando. In queſto mio penſamento mi conferman vieppiù tanti egizii monu-

numenti, che trovanfi in Roma di baffi rilievi, ed altri sì fatti lavori con cui incroftar le pareti, lavorati su d'un marmo, che fù agli Egizj ignoto, e fervirono forfe per que' Tempii, che ho poc'anzi accennato. Ma non i Romani foltanto, i Greci altresì, comechè di loro maniere foverchiamente tenaci e ammiratori fuperbi, pur non credettero avvilirfi, fe alla loro unità aveffero anche l'Egizia architettura. Paffati a dominare l'Egitto fotto i Tolomei ebbero tutto l'agio di offervare, e confiderare, la maeftà non folo, e la fodezza, ma la beltà ancora dell'architettura egiziana, e di conofcere nel tempo medefimo che la Greca, e l'Egizia poteano bene accordarfi infieme. Ed eccovi la ragione per cui ne' monumenti, che tuttavia rimangono in Egitto vegganfi colonne d'ordine Corintio, e Compofito, come da noi fi chiamano.

Tutto ciò non è a voi certamente ignoto, o Signore, a cui il più dolce follievo delle voftre numerofe, e gravi occupazioni è la Greca ftoria, e la Romana; per cui tanto è in voi nato di amore, e di ftima per gli antichi monumenti. Io fono ben teftimonio dell' ottimo voftro gufto in cotal genere, che ho avuto più volte l'onore di vedervi in mia cafa al primo avvifo di aver io fatto acquifto di qualche nuovo pezzo di antichità; ed ho ben offervato l'attenzion voftra in confiderarli, e il fino difcernimento nel diftinguerne il merito.

Tanta delicatezza di gufto, tanta finezza di difcernimento, dovea come è fucceffo in fatti, difguftarvi delle eteroclite maniere introdotte nella moderna architettura, e dovea farvi defiderare, che abbandonata una volta quefta ftrada, ci rivolgeffimo a batter quella, che batterono gli antichi, si Romani, che Greci, e che tanto ammiriamo ne' loro monumenti. Quefto voftro defiderio, o Signore, è ftato quello, che mi ha indotto a intraprendere il prefente lavoro. L'arduità dell'imprefa, la debolezza delle mie forze dovevano ritirarmene: ma il defiderio d'uniformarmi alle voftre idee, la ficurezza d'incontrare il voftro gradimento per poco che vi riufciffi, mi anno infufo un tal coraggio, e un tale ardore, che nulla ha potuto arreftarmi. Propoftomi adunque di far vedere in fatti, quanta varietà di decorazioni le maniere Egizie (maniere che prima ignote, o non curate nella piccola architettura, ho io il primo in effa introdotte) le Etrufche e le Greche, poteano fomminiftrare all'efterno, e all'interno abellimento de' noftri edifizj, ho travagliato le prefenti Tavole, che ho l'onore di umiliare al voftro nome. Fra la moltitudine de' Soggetti, a cui potevo determinarmi quefto ho prefcielto per effer egli e più d'ogn'altro fufcettibile di varietà per la fua ftefa, ed ampiezza; e più d'ogni altro adattato a portare l'architettura a quel punto di perfezione a cui da tanto tempo, e con tanti sforzi ci ftudiamo di condurla.

Mi lufingo o Signore, che ad un tale intendimento, non fieno per effere del tutto inutili quefte mie fatiche, ferviranno, quando altro non fia ad ifvegliare l'ingegno di più capaci, e intelligenti profeffori, che iftruiti delle voftre idee fù di effe prendano a travagliare. Sarà per me non leggiera confolazione l'avere a ciò contribuito. Ma nel tempo fteffo io mi dichiaro, che fe altri potrà per avventura con più felice riufcimento incontrare le voftre idee, e porre in efecuzione i voftri defiderj; niuno potrà travagliarvi con maggiore impegno, e con più viva brama di quello, che per me fi è fatto. Se non farò riufcito, fpero, che alla fcarfezza de' miei talenti n'attribuirete la colpa, e non altro riguarderete in queft'opera, che il zelo di un voftro umiliffimo fervitore, che animato dalla voftra protezione fpera di potervi dare altri nuovi contrafegni della fua fervitù, con altre opere di fimil genere. Intanto o Signore con l'ufata voftra cortefia quefta accogliete fotto il valevole voftro patrocinio, e in un con effa il fuo autore che con profondo rifpetto fi dice, e fi dichiara.

MONSIGNORE

Roma 7. Gennaro 1769.

Ufto Dtto, ed Obbedo Servitore
Giambattifta Piranefi.

RA-

Che si vede fra le ruine dell' antica Tarquinia vicino a Corneto

RAGIONAMENTO
APOLOGETICO
In difesa dell' Architettura Egizia, e Toscana.

NON credo, che sia per esservi alcuno sì poco accorto, che in leggendo in fronte a questi miei disegni : *Diverse maniere d'adornare i cammini, ed ogni altro parte degli edifizj desunte dall' Architettura Egizia, Etrusca, e Greca*, si persuada, che i disegni, che presento al publico sieno realmente cavati da i Camini, che usarono gli Egizj, i Toscani, i Greci, i Romani, chi sì pensasse andrebbe lontano dal vero le mille miglia. Mi è ben nota la gran contesa fra dotti, se gli antichi abbiano avuti camini simili a' nostri, e so gli sforzi degli antiquarj per l'una parte, e per l'altra. Sò che il Barbaro, e più di lui il Ferrari stimò, che sì; e che altri in maggior numero così prima, che dopo i due citati Scrittori pensarono, e disefero che nò. Il Marchese Maffei propose le ragioni dell' uno, e dell'altro partito, e lasciò la cosa indecisa ; e indecisa resterà per me ancora, che io non vò entrar arbitro di questa lite. Dirò bensì che un forte pregiudizio contro de' primi, è il non essersi trovato alcun sicuro monumento da cui possa ciò rilevarsi. In tante ruine d'antiche fabriche, che ho viste, e considerate così in Roma, come per tutto il Lazio, ed altre parti di questo stato non dirò di non aver mai trovato un camino antico

AN APOLOGETICAL
ESSAY
In defence of the Egyptian and Tuscan Architecture.

NO one, I believe, in reading in the front of these my designs : *Divers manners of ornamenting, chimneys and all other parts of houses, taken from the Egyptian, Tuscan and Grecian Architecture*, will imagine that these designs, which I give to the public, are really taken from chimneys, which were in use among the Egyptians, the Tuscans, the Greeks, and Romans, whoever should think so would be much mistaken. I am well apprized that it has been warmly disputed among the learned whether the ancients had chimneys in the manner of ours, and I am acquainted with the arguments used by the antiquarians on both sides of the question, I know that Barbaro held the affirmative, and that Ferrari was still more positive, and that others in greater number both before and after the two above mentioned, have mentained the negative. The Marquis Maffei has collected the reasons on both sides, and left the question undecided, and it shall remain undecided for me, for I will not undertake to be umpire in this dispute, I will however affirm that it is a strong presumption against the first, that no undoubted monument has yet been discovered to prove it. Among the numerous ruins of ancient buildings which I have seen, and examined in Rome, and throughout all Latium, and other parts of this state, I have not only not found

DISCOURS
APOLOGÉTIQUE
En faveur de l'Architecture Egyptienne & Toscane.

JE ne pense pas, qu'il y ait personne d'assez simple pour s'imaginer en lisant à la tête de ces desseins : *Differentes manières d'orner les cheminées, & toute autre partie des edifices, tirées de l'Architecture Egyptienne, Etrusque, & Greque*, que les desseins ; que je présente au public soient réellement copiés d'après les cheminées dont se servirent les Egyptiens, les Toscans, les Grecs & les Romains ; qui se le persuaderoit se tromperoit lourdement. Je n'ignore pas quels sont

les efforts des antiquaires pour découvrir si les anciens ont eus, ou n'ont point eus de cheminées semblables aux nôtres, & combien les Savants sont partagés à ce sujet. Je sais que le Barbaro, & plus que lui le Ferrari penserent, que oui ; & que d'autres en beaucoup plus grand nombre tant devant, qu' après les deux écrivains dont je parle penserent, & soutinrent que non. Le Marquis Maffei proposa les raisons des deux partis, & laissa la question indécise. Je ne la déciderai pas non plus, ne voulant pas me rendre l'arbitre de ce procès. Je dirai cependant, qu'il y a un très grand préjugé contre les premiers, qui est, qu'on n'a encore découvert aucun monument qui le prouve incontestablement. Parmi tant de ruines d'anciens édifices, que j'ai vues & considerées tant à Rome, que dans le Latium, & dans differents endroits de cet état, je ne dirai pas avoir jamais découvert non seulement une

A   chemi-

tico fimile a noftri ; ma neppure un leggiere indizio, sù cui poter formare qualche conghiettura a favore di quella fentenza. Se altri, e specialmente gli scopritori dell'antico Ercolano fanno ftati più felici in quefto, non mi è noto: ma comunque fia, torno a ripetere non vò entrar arbitro di quefta lite. Quello che io pretendo co' prefenti difegni fi è di moftrare qual ufo far poffa un avveduto architetto degli antichi monumenti alla prefente noftra maniera, e a noftri coftumi acconciamente adattandoli. Pretendo di far vedere, che delle medaglie de' Camei, degli intagli, delle ftatue, de' baffi rilievi, delle pitture, e di altre sì fatte antichità, non folo fervir fi ponno i critici, e i dotti pe' loro ftudj, ma gli artefici altresì pe' loro lavori unendo in quelli con arte, e maeftria quanto in quelli fi ammira, e fi encomia. Chi è alcun poco introdotto nello ftudio dell'antichità ben vede qual largo campo io abbia con ciò aperto all'induftria de' noftri artefici : e fenza quefto bafterà gettare uno fguardo sù quelle mie tavole per comprendere ciò agevolmente. Io mi lufingo, che il molto, e ferio ftudio, che ho fatto sù quanto ci è per buona forte rimafto di antichi monumenti , mi abbia pofto in iftato di efeguire quefto progetto utile , e fe mi è lecito dirlo, anche neceffario. L'architettura condotta da' noftri maggiori al più alto punto di perfezione fono già parecchi anni, che fembra piegare verfo la fua declinazione, e ritornare a quel barbaro, onde fu tratta. Quante irregolarità nelle colonne, negli architravi, ne toli, nelle cupole; e fopra tutto quante ftravaganze negli ornamenti ! Si direbbe, che fi adornano le opere architettoniche per deformarle, anziche per abellirle. Sò che in quefto ha più parte talora il capriccio de Padroni, che fabricano, che degli architetti, che formano il difegno.

Un militare vuol armi, e bellici ftromenti per ogni dove, o v' abbiano, o non v'abbiano luogo. Un uom di mare vuol vafcelli, Tritoni, Delfini, conche. Un'Antiquario non vuol vedere, che rovine di Templi antichi, colonne fpezzate, ftatue di Numi, e di Augufti. Si fecondi pure il coftoro genio, che legge non fi dee porre a sì fatti capricci degli uomini, ma facciafi con regola, e con arte. Si pongano i Tritoni, e i pefci sù camini, fe così piace, ma non coprano il telajo, ficchè ei perda l'effer fuo, e più non fi ravvifi. Sia l'architetto quanto fi vuole

found any chimney in the manner of ours, but not even the fmalleft hint in favour of this opinion. I am ignorant whether others, and in particular the fearchers of the ancient city of Herculaneum have been more happy in this bot be it as it will, I repeat it again, I will not undertake to be umpire in this difpute. What I pretend by the prefent defigns is to fhew what ufe an able architect may make of the ancient monuments by properly adapting them to our own manners and cuftoms. I propofe fhewing the ufe that may be made of medals, cameos, intaglios, ftatues, bafforelieves, paintings, and fuch like remains of antiquity, not only by the critics and learned in their ftudies, but likewife by the artifts in their works, uniting in an artful and mafterly manner all that is admired and efteemed in them: whoever has the leaft introduction into the ftudy of antiquity muft plainly fee how large a field I have by this laid open for the induftry of our artifts to work upon : and fuch as have not that advantage will eafily comprehend it on cafting an eye over the following plates. I flatter my felf that the great and ferious ftudy , I have made upon all the happy remains of ancient monuments , has enabled me to execute this ufeful, and if I may be allowed to fay it, even neceffary project. The ftudy of Architecture, having been carried by our anceftors to the higheft pitch of perfection , Seems now on the decline, and returning again to barbarifm. What irregularities in columns , in architraves , in pediments, in cupolas; and above all what extravagance in ornaments ! one would think that ornaments are ufed in works of architecture, not to embellifh them, but to render them ugly. I know indeed that in this the caprice of thofe , for whom the buildings are made, has often more part then the architect who makes the defign.

A military man will have arms and inftruments of war every where, whether they be proper or not. A fea-faring man will have fhips, Tritons, Dolphins, and fhells. An antiquarian will have nothing but ruins of ancient Temples, broken Columns, Statues of Gods, and Emperours. Let them have their will, for no employ ought to be put on fuch caprices of men, but then let them be executed according to the rules of art. Let Tritons and fifh be placed on chimneys, if it be fo required, but let them not fo cover the frame as entirely to hide it, or take away its character. Let the architect be as extravagant

vuole

cheminée antique Semblable aux nôtres, mais pas même le plus leger indice qui puiffe faire conjecturer , qu'il y en ait eus. Si quelq'autre, & particulierement ceux qui fouillent dans les ruines de l'ancien Herculanum ont été plus heureux que moi cela ne m'eft pas connu : mais quoi qu'il en foit, je le répéte encore, je ne veux pas me rendre l'arbitre de ce procès. Ce que je prétends faire voir dans ces deffeins, c'eft de montrer quel ufage un prudent Architecte peut faire des anciens monuments pour les adapter avec goût à nos ufages, & à nos manières. Je pretends faire voir que non feulement les favants, & les critiques peuvent pour l'utilité de leurs études tirer de lumiéres de l'obfervation des Camées, des Gravures, des Statuës, des basreliefs, des peintures, & d'autres femblables antiquités; mais les artiftes auffi en introduifant avec art, & avec goût dans leurs ouvrages ce qu'on y découvre de beau, & d'admirable. Pour peu que l'on foit verfé dans l'étude de l'antiquité l'on découvre auffitot quel large champ j'ai par là ouvert à l'induftrie de nos artiftes : il fuffit même de jetter un coup d'oeil pour s'en convainere. Je crois pouvoir me flatter que la férieufe application, que j'ai donnée à l'étude de ce qui, par bonheur , nous eft encore refté d'anciens monuments, m'a mis en état d'executer un projet

auffi util, & fi j'ofe le dire, auffi neceffaire. L'architecture, que nos ancêtres ont partée au plus haut dégré de perfection, femble, depuis quelques années, aller en déclinant, & retomber dans la barbarie dont on l'avoit tirée. Combien d'irregularités dans les colonnes, dans les architraves , dans les couvertures , dans les domes : & furtout combien d'extravagances dans les ornements ! L'on diroit que l'on n'orne les ovrages d'architecture, que pour les rendre difformes aulieu de les embellir. Je fais bien qu'en cela le caprice de ceux qui font bâtie, y a quelque fois plus de part, que les architectes qui font les deffein.

Un militaire veut partout, qu'il y ait lieu ou non, des armes & des inftruments guerriers. Un homme de mer veut des vaiffeaux, des Tritons, des Conques, des Dauphins. Un antiquaire ne veut voir que ruines de Temples anciens, Colonnes renverfées, ou rompues, Statuës de dieux, & d'Empereurs. Je veux bien qu'on fe fatisfaffe en ce point, & fi ne faut pas directement heurter ces fortes de caprices; mais qu'on le faffe fuivant les régles de l'art. Que l'on faffe par ex; fi on le juge a propos des Tritons, & des poiffons fur une cheminée, mais qu'on n'en couvre pas tellement le manteau, que cela lui faffe perdre fa forme. Que l'architecte foit bifare autant qu'il le juge a

pro-

vuole bizzarro, ma non deformi l'architettura, e ogni mém-
bro abbia il fuo proprio carattere. Voglio, che un artefice
fia libero a veſtire come più gli piace una ſtatua, o una pittura, che pieghi, e acconci le veſtimenta quanto più diver-
ſamente faprà, ma fia ciò ſempre in maniera, onde fi cono-
ſca, che quello è un corpo, non uno ſtipite ricoperto.
Dianſi pure all' architettura quanti vezzi fi vuole, ma fieno
quei, che le convengono. Queſta avvertenza ebbero gli antichi: conviene uniformarſi alle loro maniere, oſſervare le
qualità degli ornamenti, che uſarono, la via che tennero
nel diſporli, perchè faceſſero armonia con tutto il reſto; la
modificazione, con la quale le maniere Egizie, e Toſcane
furono adattate ad un áltra ſpecie di architettura. Queſte
notizie però acquiſtar non fi poſſono, ſe non con un lungo
uſo fra le ruine, e le ſpoglie degli antichi edifizj. E ben
mi duole che la mancanza di queſto ſtudio abbia tolto anche
a ſommi uomini una certa dovizia d'idee, per cui molte
delle loro opere mancano di quella uniformità di carattere,
e di ſtile, che tanto piace. Altri eccellenti nella grande
architettura mancan poi nella piccola: veggonſi in altri certi
voli, per dir coſì, e certe alzate parti d'un bel genio, e di
un generoſo ardimento, ma le forze non ſempre anno cor-
riſpoſto all'ardire de' progetti, e dopo un felice incammina-
mento all'imitazione degli antichi, veggonſi abbaſſare ad un
tratto, e l'antico interrotto, e poco men che non diſſi
guaſtato dalle maniere de' tempi, in cui viſſero. Chi per eſem-
pio più grandioſo del Palladio, ove ſ‌i tratti d'opere magnifiche; eppure un ſ‌ı grand'uomo non è ugualmente felice negli
interni ornamenti delle abitazioni, che o moſtrano povertà
d'idee, e ſcarſezza di cognizioni, onde è, che una è la porta,
una la feneſtra, uno il camino: o non reggono, e mantengo-
no il filo: ciò che principalmente appariſce ne' ſcompartimenti
de' ſoffitti, non corriſpondenti al diſegno dell'eſterno, e lontani dall'antico buon guſto. Maraviglioſe coſe veggonſi in Bal-
daſſarre da Siena, e nel famoſo palazzo Maſſimi di lui opera:
ma chi ſi farà ad oſſervare con attenzione i diverſi partiti da co-
ſui tenuti nell'adornare gli interni di quel palazzo, converrà
meco ſenz'altro che ei non ha tenuto il filo, e non ſoſtiene il credito di ciò, che ſi era propoſto. Lo ſteſſo dicaſi di Pirro Ligorio:
eſaminiſi il caſino poſto a Belvedere vi ſi vedrauno de bei ſforzi
per imitar l'antico, e molte coſe con gran felicità traſportate dagli

as he pleaſes, ſo he deſtroy not architecture, but give to every
member its proper character. Let the artiſt be free to drape a
ſtatue, or figure in painting as he likes beſt, let him adjuſt the
folds and garments with the greateſt variety he is able; but let
it be always ſo that it may appear an human body and not a block
covered with drapery. Let all the variety of graces be given to
architecture that can be deſired, but let them be ſuch as agree
with it. This the ancients had in view: we ought to follow
their manner, and obſerve the kinds of ornaments uſed by them,
the manner in which they diſpoſed them to make them harmo-
niſe with the whole, and the modifications by which the Egyptian
and Tuſcan manners were adapted to another ſpecies of architecture. But this knowledge is not to be acquired but by a long
frequenting of the ruins and remains of ancient buildings. And
I am ſorry that the want of this ſtudy has deprived even the
greateſt men of a certain abundance of ideas; whence many of
their works are wanting in that uniformity of character and ſtile,
which ſo much pleaſes. Some who excelled in the great parts
of architecture, are wanting in the ſmall ones; others have boldly
raiſed themſelves, and ſhewed the greatneſs of their genius in
the daring flights they have taken in imitation of the ancients,
but they have not always been able to ſuſtain themſelves, but
have loſt ſight of the antique, to give themſelves up to the bad
taſte of the times in which they lived. Who for inſtance is more
noble than Palladio, when the queſtion is concerning works
of magnificence? yet this great man is not equally happy in the
internal ornaments of houſes, which either ſhew a poverty of
ideas, or a want of knowledge; hence there is a ſameneſs in
the doors, windows, and chimneys; or there is no correſpon-
dance and the thread is broken, as may be ſeen in the pannels
of the ceilings, which do not correſpond will the external deſign,
and are far from the good taſte of the ancients. What can be
more wonderful than ſome things in Balthaſar of Siena, particularly in the palace of Maſſini built by him? but whoever ſhall
attentively examine his conduct with regard to the internal
ornaments of that palace, will certainly agree with me, that he
has broken the thread, and does not keep up his credit in what
he propoſed to himſelf at firſt. The ſame may be ſaid of Pirro
Ligorio: let the ſmall houſe ſituate at the Belvedere be examined, many beautiful endeavours will be ſeen in imitation
of the ancients, and many things taken form the antique,
and

propos; mais qu'il ne rende pas l'architecture difforme, & que
chaque membre conſerve ſon propre caractère. Je veux qu'un
artiſte ait la liberté d'habiller une ſtatue ou une figure à ſa fan-
taiſie, qu'il faſſe prendre aux draperies quelle tourneure il jugera
à propos; mais que ce ſoit toujours de maniere à ne pas la faire
confondre avec un pilier, ou telle autre choſe ſemblable. Que
l'on ait enfin la liberté de charger l'architecture de quels ornemens l'on voudra, pourveu que ce ſoit de ceux qui lui conviennent. Les anciens ont toujours eu l'attention de ne point
y manquer: il faut en cela les imiter, obſerver la qualité des
ornemens dont ils ſe ſervirent, la façon dont il les diſpoſerent,
pour conſerver l'harmonie des differentes parties avec le tout,
& la modification avec la quelle les manieres Egyptiennes, &
Toſcanes furent adaptées à une autre eſpéce d'architecture: A la
vérité l'on n'acquiere ces connoiſſances, qu'après avoir beaucoup medité, & réflechi parmi les antiquités, & les ruines des
anciens édifices. Je ſuis bien faché, que le defaut de cette étude ait privé mèmes plus grands hommes, d'une certaine abon-
dance d'idées, qui ôte à une grande partie de leurs ouvrages cette uniformité de caractère, & de ſtile qui plaît tant.
Quelques uns ont excellé dans la grande architecture qui ont

manqué dans la petite: d'autres ſi je puis m'exprimer ainſi, ſe
ſont quelques fois ellevés d'un vol rapide, & hardi, mais ne ſe
ſont point ſoutenus, & ont perdus de vuë la belle antiquité,
pour s'abandonner au mauvais goût de leur ſiécle. Y a t il par
exemple quelqu'un de plus grandieux que le Palladio quand il
eſt queſtion d'ouvrages magnifiques? & cependant un ſi grand
homme ne ſe ſoutient pas lorſqu'il faut orner l'interieur d'un
édifice, il ſemble n'y montrer que pauvreté d'idées, & deſſaut
de connoiſſances, de ſorte que c'eſt toujours la mème porte, la
mème fenêtre, & la mème cheminée, ou bien ce ſont des ouvrages ſeparés, & qui n'ont point d'union avec le reſte de l'édifice;
ce que l'on découvre particulierement dans les compartimens
des lambris, qui ſont fort éloignés du bon goût de l'antique,
& n'ont aucune relation avec le deſſein de la partie extérieure.
Peut on rien voir de plus inerveilleux, que quelques ouvrages de
Balthaſar de Sienne, comme ſon fameux palais de Maſſimi? mais
ſi l'on conſidère avec attention la route qu'il a tenue dans la con-
duite, & la diſtribution des ornemens interieurs de ce palais, on
conviendra facilement qu'il n'eſt plus le mème, & qu'on a peine
à le reconnoître. L'on peut dire la mème choſe de Pirrus Ligorius:
qu'on éxamine le pavillon de Belleveder, on y trouvera des traits
qui

4

gli antichi avanzi, in quell'opera : ma fe fi confideri il tutto ; o Dio ! l'oro, e l'argento vi fono mifticati col piombo, e con altri minori metalli. Un più profondo ftudio fulle antichità avrebbe fornito a quefti grand'uomini maggior copia d'idee, e la piccola architettura fi farebbe foftenuta con la grande. Se quefto ftudio faranno i noftri architetti non avranno il roffore di fentirfi rinfacciare la povertà della loro erudizione, allorchè chiamati a travagliare ful gufto antico : non corrifponderanno all'efpettazione, e al defiderio di chi li adopra. Ma quefte ad altre riffeffioni pofte da parte. Io dunque dopo un lungo ufo fra le ruine, e le fpoglie degli antichi edifizj, dopo un lungo ftudio sù gli antichi monumenti, per cui mi trovo una non piccola, e fpregievole quantità di difegni sù d'ogni maniera di mobili, e ornamenti, efpongo al publico le prefenti tavole, in cui fi veggono le maniere di già divifate, con le quali gli antichi ornarono l'architettura. Spero, che più di uno mi faprà grado di quefta mia fatica ; ma non così mi lufingo, che farò al coperto delle cenfure di molti, che o critici per natura, o incontentabili per genio, cofa non v' ha che gli appaghi, e fu cui non trovino a ridire. Egli è vero però, che chi fi mette in rango di autore aver deu una cotal fuperiorità d'animo, per cui di così fatti contraddittori non fi prenda gran pena. Ma v'ha talora de' critici ragionevoli, e difcreti, che per amor del vero, e vantaggio del publico ufano di quella giufta libertà, che ha chi che fia di efaminare quanto altri efpone alla publica luce, e avvifarne i difetti, e notarne gli fconci. Il difpreggiare coftoro, è ftima foverchia di fe medefimo, anzi infofftribile prefunzione. Per isfuggire una fimil taccia mi piace di andare incontro a qualcuna delle critiche, che a certi miei non dubiofi indizj, prevedo, che farò per incontrare. Si dirà per efempio, che di troppi ornamenti ho caricato quefti miei difegni ; difpiacerà ad altri, che per ornar gabinetti, ove aver dee fol luogo il leggiadro, il delicato, il morbido, abbia adoperate maniere Egizie, ed Etrufche, cioè fecondo il comun penfare, maniere ardite, rifentite, e afpre. Su quefte due oppofizioni prendo io a parlare ; ma fulla prima non dirò, che poche cofe, poichè molte non ne richiede : più diffufo farò fulla feconda, che più lo merita.

A certi genj dunque, che la povertà delle loro idee, ren-

and very happily applied in that work : but if the whole be confidered ; oh heavens ! Gold and filver are confounded with lead, and other bafer mettals. A more profound ftudy of antiquity would have furnished thefe great men with a greater abundance of ideas, and the fmall architecture would have been of a piece with the great. If our prefent architects fhall apply to this ftudy, they will not need to be affraid of being upbraided for want of erudition, when called upon to work after the manner of the ancients, if they anfwer not the expectation and wishes of thofe who employ them. But let us lay afide thofe and other reflections of the fame kind : it is therefore after having long frequented the ruins and remains of ancient buildings, after a long ftudy of the ancient monuments, and after having collected a confiderable quantity of defigns of all kinds of furniture and ornaments, that I expofe thefe plates to the public, in which may be feen the manners, allready mentioned, with which the ancients adorned their architecture. I hope that many will think themfelves obliged to me for this labour : but I do not for that flatter my felf that I fhall efcape the cenfures of many others who, by reafon of an inclination to criticifm, or a turn of mind never to be fatisfied, find fault with every thing. But whoever puts himfelf in the tank of author ought fo to arm his foul as not to dread the cenfures of fuch men. But there are fometimes reafonable and difcreet critics who, out of a love to truth, and for the public good, make ufe of that equitable freedom, which every man has, of examining whatever is expofed to the public view, of expofing its defects, and marking out its imperfections. To defpife the opinions of fuch, would be a felf-fufficiency and prefumption not to be fuffered. To avoid a fault of that kind I will endeavour to obviate fome of the objections which I forefee will be made againft me. It will be faid, for inftance, that I have loaded thefe my defigns with too many ornaments ; others again will find fault, that in ornamenting cabinets, where the agreeable, the delicate, and the tender ought only to have place, that I have employed the Egyptian and Tufcan manners, which are, according to the common opinion, bold, hard, and ftiff. I will anfwer thefe two objections, in regard of the firft, I fhall anfwer it in a few words, as the fubject fems to require no more ; but I fhall expatiate more on the fecond, which deferves it more.

It will perhaps appear to fome people, the poornefs of whofe ideas

qui approchent de l'antique, differents morceaux qui en font tirés, & qui y font admirablement bien placés : mais que l'on confidere le tout enfemble ; o Dieu ! l'or, & l'argent y font confondus avec le fer, & le plomb. Une étude un peu plus reflechie de l'antique auroit fourni à ces grands hommes un plus grand nombre d'idées, & la petite architecture fe feroit foutenue avec la grande. Si nos architects d'aujourd'hui étudient bien cette partie là, ils ne feront pas autmoins expofés aux reproches qu'on pourroit leur faire fur leur defaut d'erudition, lors qu'étant appellés pour travailler dans le goût antique, ils ne rempliront pas l'attente, & les vuës de ceux qui les employent. Mais laiffons à part toutes ces reflexions. Ce n'eft qu'après une longue, & profonde étude parmi les ruines des anciens édifices, & des monuments antiques, & après que j'ai raffemblé une quantité confiderable de deffeins tant de meubles, que d'ornemens dans toute forte de goût, que je donne au public les planches ci jointes, où l'on découvre les differentes manieres dont j'ai deja parlé, avec les quelles les anciens ornerent l'architecture. J'efpere que plus d'une perfonne me faura bon gré de ce travail. Je ne me flate pas malgré cela, d'être au goût de tout le monde. Quelques uns me cenfureront par inclination à la critique, d'autres parce qu'ils ne voyent jamais rien qui les fatisfaf-

fe, & qu'ils trouvent toujours à redire à tout. Au refte qui prétend fe mettre au rang d'autheur doit avoir affez de force d'efprit pour fe mettre au deffus de ces fortes de cenfures. Mais il y a quelquefois des Critiques raifonnables, & difcrets, qui par quelque amour de le vrai, & pour l'avantage du public fe fervent avec difcrétion de la liberté, que tout le monde a d'examiner les ouvrages, que l'on met au jour, d'en marquer les deffauts, & d'en relever avec zèle le peu d'exactitude. Il n'y a qu'un amour propre rempli de préfomption qui puiffe nous faire méprifer de tels critiques. Pour éviter un tel écueil, je me ferai quelques unes des objections, que vraifemblablement l'on ne manquera pas de me faire. L'on dira par ex : que j'ai chargé mes deffeins de trop d'ornemens ; quelques autres trouveront mauvais, que pour orner des cabinets, où l'on ne devroit mettre que du leger, du brillant, & du délicat, j'aie employé des manières Egyptiennes, & Etrufques, c'eft à dire felon la comune opinion, des manières hardies, dures, & fortes. Je vais répondre à ces deux objections ; mais comme il y a peu de chofe à dire fur la premiere, j' y répondrai en peu de mots je ferai un peu plus diffus fur la feconde, car elle le merite.

Il paroitra peut être à certains génies, que la pauvreté de leurs idées,

tende più del dovere amanti della femplicità, fembrerà forfe, che di troppi ornamenti vadino carichi quefti miei difegni, e mi fi tornerà a rinfacciare il detto del Montefquieu, che *un edifizio carico d'ornamenti è un enimma per gli occhi, come un poema confufo lo è per la mente*, ed io torno a ripetere, che fono quanto il Montefquieu, e quant' altri nemico degli enimmi, e della confufione, e che difapprovo al par di chichefia 'la moltiplicità degli ornamenti. Ma quale moltiplicità? Quella, che per mancanza d'ordine, e di difpofizione ingombra l'occhio; e lo confonde. S'inganna chi fi fa a credere, che la moltiplicità degli ornamenti fia quella, che offende l'occhio, e lo confonde: come ingannato andrebbe, chi la confufione, e lo ftordimento nell'orecchio in un cattivo concerto attribuir voleffe alla moltiplicità delle voci, e degli ftromenti; e non anzi all' ignoranza, o di chi non feppe farne la giufta diftribuzione, o di chi non feppe efeguirla. Così, e non altrimenti, quello da cui refta offefo l'occhio, e confufo in un opera architettonica è il non faperfi quel alto, e quel baffo, per cui come nella natura, così nelle arti, fi coftituifce fra gli ornamenti, una certa varietà di gradi, e preminenze di più, e meno degno, onde altri fanno la figura di principale, ed altri fervono di accompagnamento. Quefl'avvertenza, e quefl' arte offervino gli architetti, e fono ficuro, che la moltiplicità degli ornamenti non prefenterà all'occhio una confufione di oggetti, ma una vaga, e dilettevole difpofizione di cofe. Chi è, per efempio, che reftaffe offefo del piedeftallo della colonna Trajana, benchè sì ricco, e doviziofo di ornamenti. Se le ingiurie del tempo non lo aveffero guaftato in gran parte noi vedremmo la cornice foftenere ne quattro angoli altrettante Aquile in atto di raccogliere i vanni, e dalle quali sì a deftra, che a finiftra fcendono feftoni di lauro e pofare fulla cornice medefima. Nel piedeftallo non folamente le quattro facciate coperte da altrettanti paramenti di Trofei, e armi guerriere, ma alle armi fteffe, e a Trofei foprapofte fi veggono altre armi ed altri Trofei, e tutto ciò, non che fenza offefa, ma anzi con diletto, e piacere dell'occhio. Mi fi dirà forfe, che fe l'occhio non refta offefo nel riguardare il piedeftallo fuddetto, comeche carico di ornamenti, ciò addiviene perchè gli fporgimenti fono quivi infenfibili, e vi fembrano più tofto delineati, che di rilievo. E quefto è ciò che appunto io andava dicendo, che non
è la

ideas renders them above meafure lovers of fimplicity, that thefe my defigns are overloaded with ornaments, and the faying of Montefquieu will once more be objected to me, *that a building loaded with ornaments is an enigma to the eyes, as a confufed poem is to the mind*; and I again anfwer that I am as much an enemy to enigmas and confufion as Montefquieu or any one elfe, and that I am as much as any one, againft a multiplicity of ornaments; but what kind of multiplicity? Such as for want of order and difpofition troubles and confounds the eye. Whoever thinks that it is the multiplicity of ornaments that offends the eye, and confounds it, is much miftaken, in the fame manner as he would be miftaken, who fhould attribute the confufion and flunning of the ears in a bad confort to the multiplicity of voices and inftruments, and not to the ignorance of the compofer or the badnefs of the muficians. In the fame manner precifely, what offends and confounds the eye, in a work of architecture, is the want of the *high* and *low*, which conflitutes as well in art as nature a certain variety of degrees, and preeminence of merit, fo that fome parts appear principal, and others ferve only to accompany the firft. Let the architects artfully make ufe of this precaution, and I am certain that a multiplicity of ornaments will not prefent to the eye a confufion of objects, but a graceful and pleafing difpofition of things. Who for inftance would be offended at the richnefs and variety of ornaments on the pedeftal of the Trajan column? Yet if the injures of time had not in a great meafure defaced it, we fhould fee the cornice fuftaining at the four angles as many eagles in the action of gathering their wings, from which feftoons of laurel, both to the right and left, fall down and reft upon the cornice. Not only the four fides of the pedeftal are covered with as many trophies of war and arms, but on thefe very arms and trophies, are placed other trophies and other arms, and all this not only does not offend, but on the contrary gives pleafure to the eye. But it will perhaps be faid that if the eye is not offended at the multitude of ornaments heaped on the above pedeftal, that this happens becaufe the projections are there fo infenfible, that they rather feem delineated than in relievo. And this is precifely what I was faying, to wit, that it is not the multiplicity of ornaments which offends the

idées, rend outre mefure partifans de la fimplicité, que mes deffeins font trop chargés d'ornemens, & ils m'objecteront ce que dit Montefquieu, *qu'un édifice chargé d'ornemens eft une énigme pour les yeux, comme un poëme confus l'eft pour l'efprit*, & je leur repete que je fuis autant que Montefquieu, & que tout autre ennemi des énigmes, & de la confufion, & que je défapprouve autant que perfonne, la multiplicité des ornemens; mais quelle multiplicité? Celle qui faute d'ordre, & de difpofition embaraffe la vuë, & la confond. Celui qui croit que la multiplicité feule des ornemens offence la vuë, & la confond fe trompe, comme celui qui attribueroit à la quantité des voix, & des inftrumens l'étourdiffement qu'un mauvais concert produit à fes oreilles; aulieu de l'attribuer à l'ignorance de qui ne fçut pas en faire la jufte diftribution; ou de qui ne fçut pas l'exécuter. C'eft ainfi que les objets paroiffent confus, à qui ne fait pas dans un ouvrage d'architecture diftinguer les principales parties d'avec les moindres, & qui ignore que dans les arts comme dans la nature il y a une certaine variété de gradation, & de prééminence, de forte qu'une partie occupera le premier lieu, & les autres ne ferviront que d'accompagnement. Si les architectes font attention à cela, je fuis fur, qu'ils ne verront pas dans la multiplicité des ornemens, une confufion d'objets; mais bien pluftôt une agréable difpofition des chofes. Qui eft ce par exemple qui s'offenceroit de voir le pied d'eftal de la Colonne Trajane, fi riche, & fi chargé d'ornemens? Si les injures du tems, ne l'avoient en partie gâté nous verrions la corniche foutenir dans les quatre angles autant d'aigles fur le point de ferrer les ailes, & dont pendent tant à droite qu'à gauche des feftons de laurier qui vont pofer fur la corniche mème. Sur les quatre faces du pied d'eftal on a non feulement repréfenté autant de trophées, & d'armes guerrieres, mais de plus ces mêmes trophées, & ces mèmes armes ont encore été chargés, d'autres trophées, & d'autres armes, ce qui bien loin de caufer de la confufion fait plaifir à la vuë. L'on m'objectera peut être, que fi l'oeil n'en eft point choqué, c'eft parceque ces ornemens n'ont qu'une faillie infenfible, & qu'ils paroiffent pluftôt deffinés, qu'ils ne femblent être de relief. Voila précifement ce que je difois, que ce n'eft pas la multiplicité des ornemens, qui choque la vuë des Spectateurs, mais leur mavaife difpofition : fi l'artifte les difpofe de maniere, que ceux de
def-

C

è la moltiplicità degli ornamenti quella, che offenda l'occhio de'riguardanti, ma fibbene la cattiva loro difpofizione; ove l'artefice fappia difporli in maniera, che quei di fotto non reftino confufi da quei di fopra, e dia a rifalti, e agi fpargimenti quel più, e quel meno, che loro fi conviene, il tutto fi prefenterà con grazia, e fenza offefa dell'occhio.

Ma lafciando quefte, ed altre sì fatte rifleffioni da parte, e non rilevando ciò che pur merita particolare confiderazione, che da un architetto, fi vogliono talora cento idee sù di un folo foggetto, io vorrei, che quefti critici mi ftabiliffero dentro quali limiti riftringer debbafi la varietà degli ornamenti e fino a quali poffa effa ftenderfi e dilatarfi. L' imprefa è forfe più malagevole di quello che effi s'immaginano. E' facil cofa il dire, che in una giufta proporzione tra il poco, e l'affai ftà il retto: ma il fiffare quella proporzione hoc opus, hic labor eft; e non potrebbe dirfi peraventura in quefto ciò, che in altro genere diffe Marziale.

Non funt longa quibus nihil eft quod demere poffis,
Sed tu Cofconi diftica longa facis.

Cioè che la moltiplicità degli ornamenti non vuol tanto mifurarfi dalla loro quantità, e numero, quanto dalla qualità a cui fervono? Io così per me credo; ed ho per efempio a fconcio que' tanti finimenti, in cui, quafi bambini in fafcie, s' inviluppano oggigiorno i cavalli de noftri cocchi. Non così ufarono gli antichi, che faviamente fi avvifarono, che il più bell' ornamento d' un cavallo, era il cavallo medefimo. Quefti tanti finimenti, comechè fieno veghi, e ricchi, fono ingombri, e non abellimenti.

Or fe la natura delle opere, che fi adornano, è quella, che dee in primo luogo decidere della moltiplicità degli abellimenti, e ftabilirme il troppo, e il poco, altre eligendone più, ed altre meno, io fono ficuro, che i difegni, che prefento al publico in quefte mie tavole non potranno a ragione tacciarfi di effere foverchiamente ornati: poichè effi anno per oggetto opere più d'ogni altra capaci, e fufcettibili di varietà, e moltiplicità di abellimenti. E per dir de'camini, io non poffo uniformarmi al fentimento di certuni, i quali vorrebbono ne' camini nè più, nè meno di quello che comportarebbe una porta, o la fronte d'un portico, cioè la foglia,

---

the eyes of the Spectator but the bad difpofition of them: if the artift knows how to order them in fuch a manner that thofe above make no confufion with thofe which are under, and to give to the relievos that juft projection which is proper to each, the whole will appear graceful, and in no wife offend the eye.

But fetting afide thefe and other fuch like reflections, and paffing over in filence, that an hundred different ideas are often required from an architect upon one fingle fubject, which indeed would require to be particularly confidered, I would have thefe critics to determine to what bounds the variety of ornaments ought to be confined, and what is the precife point which ought not to be paffed. This undertaking is perhaps more difficult than they are aware of. It is eafy to fay that the right confifts in keeping the medium between the too little and too much; but to determine this medium hoc opus, hic labor eft; and might not what Martial fays on another occafion be properly applied to this?

Nothing is long from which we nought can take.
But too long diftics you, Cofconius, make.

That is, the multiplicity of ornaments ought not fo much to be meafured by their quantity and number, as by the quality of the works they are employed in. This is my opinion, and I look upon the harnefs in which coach horfes are now a days wraped up, like children in fwathing cloaths, as a proof of it. The ancients practifed the reverfe, they wifely thought that the moft beautful ornament of an horfe is the horfe himfelf: All thefe trappings, however fumptuous and gaudy, load, but do not beautify the object.

Now if the nature of the works, which are to be adorned, is what ought in the firft place to decide with regard to the quantity of ornaments, and to fix what is too much, and what too little, fome requiring more and others lefs, I am confident that thefe defigns, which I prefent to the public, in the following plates, cannot with juftice be accufed of being over loaded with ornaments: fince their objects are more fufceptibile, than any others, of a variety and multiplicity of embelifhments. And with regard to chimneys, I cannot be of the opinion of thofe, who would have no other ornaments on them but fuch as are proper to a door, or to the front of a portico, I mean, the bafe,

---

deffous ne foient point offufqués par ceux de deffus, & qu'il donne aux faillies le jufte relief qui leur convient, le tout fe préfentera avec grace, & ne choquera la vuë en aucune façon,

Mais laiffant à part ces fortes de refflexions, & paffant même fons filence que l'on exige quelques fois, qu'une architecte faffe voir cent idées differentes fur un meme fujet, cequi cependant mérite une particulière confideration, je voudrois que ces critiques determinaffent quelles font les limites dans les quelles on peut renfermer la variété des ornemens, & jufqu'à quel point l'on peut porter la chofe. L'entreprife eft peut être plus difficile qu'ils ne fe l'imaginent, il eft facil de dire qu' elle confifte dans une jufte proportion entre le trop, & la trop peu: mais d'en fixer le point hoc opus, hic labor eft; & ne pourroit on pas dire touchant cela, ceque dit Martial dans une autre occafion.

Non funt longa quibus nihil eft quod demere poffis,
Sed tu Cofconi diftica longa facis.

C' eft à dire, que la multiplicité des ornemens ne doit pas tant fe mefurer par leur nombre, & par leur quantité,

que par la qualité des ouvrages aux quels ils doivent fervir. Pour moi je le penfe ainfi, & j'ai pour exemple, à ce propos cette quantité de harnois dont on emmaillotte pourainfi dire nos chevaux de carofse, contre la coutume des anciens, qui penferent fagement, que le plus bel ornement d' un cheval étoit le cheval même. Cette quantité de harnois, pour riches qu'ils foient, ne fert qu' à les rendre difformes aulieu de les embellir.

Or fi la nature des ouvrages, que l'on doit orner, eft celle, qui doit commencer par décider de la multiplicité des embelliffemens, & en determiner la quantité, quelques uns en exigeant plus d'autres moins, je fuis affuré, que l'on ne pourra m'accufer d'avoir chargé de trop d'ornemens les deffeins, que je préfente au public dans ces planches, puis qu'ils n'ont pour objet que des ouvrages les plus fufceptibles de variété, & d'embelliffemens. Et pour parler des cheminées, je ne fuis pas du fentiment de ceux, qui ne les croyent pas fufceptibles d'autres formes, ni d' autres ornemens, que de ceux qui conviennent à une porte, ou à la façade d' un portique, c' eft à dire, qu'ils n' y voudroient que le feuil, les jambages, l'entablement, & la corni-

foglia, gli ſtipiti, il ſopralimitare, e la cornice, ſe eſſi rappreſentano una porta: o ſivvero le colonne, i pilaſtri co lor
capitelli ſoſtenenti l' architrave, il fregio, la cornice, e il
timpano ancora ſe coſi piace, qualora i Camini figurino la
fronte d'un portico. Io non ſò, diſſi, uniformarmi al coſtoro ſentimento: Eſſi vanno errati, e non veggono la ſcon-
venevolezza di ſi fatta idea. O la porta avrà l' altezza in proporzione della larghezza, e il camino ſarà ſiſmiſurato, ed in-
commodo, o ſi terrà la larghezza in proporzione dell' altezza, e riuſcirà troppo piccolo, ed avrà anzi l' aria d' un
fornello, che d' un Camino; Seppur coſtoro non voleſſe-
ro, che i camini ci rappreſentino le porte delle carceri,
che ſogliono ad orte tenerſi baſſe, e ſtrette piu del dovere.
Ma niente meno bizzarra è l' idea del portico, e niente
meno ſoggetta alle medeſime eccezioni: oltreche uſandoſi da
taluni, e in certi paeſi i camini agli angoli delle ſtanze,
quel ſito non è ſuſcettibile, ne di porte, ne di portici, e
ſarebbe una ridicolezza il figurare una porta, o un portico
all' angolo d' una Camera; Se a qualche coſa ſi doveſſero
aſſomigliare i Camini, direi che eſſi ci rappreſentino anzi un
armadio, o un Burrò, che una porta, o la fronte d' un portico. Ma neppur quella idea, a dir il vero, mi appaga,
ed ho per lo migliore il dire, che i Camini formano nell'
architettura una particolar claſſe con leggi, e riguardi ſuoi
proprj; Claſſe capace di tutti quegli abellimenti, e varia-
zioni, che ſomminiſtrar può la piccola architettura, anche
più di quanto comportarebbe una porta, o la facciata d' un
portico: poiche ſe delle fabriche, e delle ſupellettili in ge-
nerale diſſe già Varrone (Ling. lat. lib. VII.) che in eſſa noi
non cerchiamo di provedere ſoltanto alla neceſſità, ma vogliamo trovare anche il diletto, e il piacere: Onde è che
nel veſtirci, non ſolo cerchiamo a diſenderci dal freddo ma ancora
a fare beneſta comparſa: ne ſolo vogliamo aver caſa ove ſtare al
coperto, e in ſicuro; ma ove abitare eziandio con piacere: ne vaſi noſi ſoltanto al ſerviziò dello noſtre Tavole, ma di bella figura
ancora, e di buono nome; polche una coſa ricerca il biſogno dell'
uomo, un altro conviene ad un uomo colto e pulito. Io ſono di
opinione che poſſa ciò addattarſi in particolare a camini de'
noſtri Gabinetti. Eſſi anno a ſervire non ſolo al commodo
di riſcaldarci: Ma al divertimento eziandio dell' occhio con
la loro vaghezza, e co' loro ornamenti, e meſſi direi quaſi
a con-

baſe, the jambs, the lintel and cornice, when they repreſent
a door: or columns, or pilaſters with their capitals ſuſtaining
an architrave, a freeze, a cornice, and pediment, if it be thought
proper, when the chimneys repreſent the front of a portico. I
cannot, ſ ſaid, be of the opinion of ſuch, they are miſtaken,
and do not ſee the impropriety of ſuch an opinion. Either the
height of the door is proportioned to the wideneſs, in which
caſe the chimney would be monſtrous and inconvenient, or if
the width be made in proportion to the height, it would be too
ſmall, and would have the appearance of a furnace, rather than
of a chimney; unleſs thoſe people ſhould fancy that chimneys
ought to repreſent the doors of priſons, which are generally
made lower and narrower than uſual. But the idea of the portico is no leſs extravagant, and no leſs ſubject to the ſame in-
conveniencies: Beſides ſome people in certain countries have
their chimneys in the angles of their rooms, which places are
not ſuſceptible either of doors, or porticos, and it would be ridi-
culous to repreſent a door or a portico in the angle of a room;
if it were neceſſary for chimneys to reſemble any thing, I
ſhould think they ought rather to be made in reſemblance of a
cup board, or cheſt of drawers, than of a door or front of a
portico. But neither does this idea, to ſay the truth, ſatisfy me,
for I am rather inclined to think that chimneys form a particular
claſs in architecture by themſelves, which claſs has its own pe-
cular laws, and proprieties, and is ſuſceptible of all the embel-
liſhments, and variety which the ſmall architecture can furniſh,
and of more than would be proper for a door, or the front of a
portico: ſince Varro ſpeaking of buildings and furniture in general ſays (ling.lat.lib.VII.) that in them we not only ſeek to provide
for our neceſſities, but alſo to find in them pleaſure and enjoy-
ment: Hence it is that in dreſs we not only ſeek, to be defended from
cold, but alſo to make a decent appearance, and we will not only have
houſes for our ſecurity and to cover us, but likewiſe to dwell in with
pleaſure: and we are not ſatisfied with vaſes which are only for the
uſe of our table, but they muſt be of an elegant form and of exquiſite
workmanſhip, for there is a difference between what the neceſſities of
man obſolutely require and what is proper for a man of rank and edu-
cation. I am of opinion that this may be applied particularly to
the chimneys of our cabinets, they ought not only to ſerve to
warm us; but likewiſe to pleaſe the eye by the elegance and variety of their ornaments; and as they are placed, I may ſay to har-
moni-

---

corniche, quand elles repréſentent une porte: ou bien des colonnes, des pilaſtres, avec leurs chapitaux ſoutenant l'architrave, la
friſe, la corniche, & encore le timpan s'ils le jugent à propos, lors
que la cheminée repreſente la façade d'un portique. Pour moi je
penſe bien differemment, ils ſe trompent certainement, ils n'ap-
perçoivent pas le ridicul d'une telle idée: car ou la hauteur de la
porte ſera en proportion avec ſa largeur, & alors la cheminée ſera
diſproportionnée, & incommode, ou bien ils proportionneront ſa
largeur avec ſa hauteur, & pour lors elle ſera trop petite, & elle
reſſemblera plûtôt à un fourneau qu'à une cheminée, à moins qu'ils
ne veuillent que les cheminées repreſentent des portes de priſons,
que l'on fait expreſs plus baſſes, & plus étroites, qu'elles ne le ſont
ordinairement. Mais l'idée du portique n'eſt pas moins biſare, ni
moins ſujet aux mêmes inconveniens: outre qu'il y a dans certains pays differentes perſonnes, qui veulent les cheminées dans
les angles des chambres: cet emplacement n'eſt certainement ſuſceptible ni de portes ni de portiques, & il ſeroit ridicul d'y en
faire voir. S'il falloit que les cheminées reſſemblaſſent à quelque
choſe de particulier, je dirois qu'il vaudroit beaucoup mieux
qu'elles reſſemblaſſent à une armoire ou bien à un bureau, qu'à
une porte ou à la façade d'un portique. Mais à dire le vrai cette

idée ne me ſatisfait pas non plus, & je penſe bien plûtôt, que
les cheminées forment dans l'architecture une claſſe à part, qui a
ſes loix, & ſes convenances particulieres; claſſe ſuſceptible de
tous les embelliſſemens, & de toutes les variations, dont peut
être capable la petite architecture; & bien plus encore, que ne
le pourroit être une porte, ou la façade d'un portique: puiſque
comme Varron dit, en parlant des édifices, & des meubles en
général (Ling. lat. lib.VII.) que nous y recherchons non ſeulement le neceſſaire, mais encore le commode, &l'agréable. De
ſorte qu'il ne ſuffit pas, que nos habits nous déffendent du froid, nous
voulons encore qu'ils nous faſſent paroître avec décence; nous ne nous
contentons pas non plus d'être en ſureté, & à couvert dans nos maiſons,
nous y recherchons auſſi le commode, & l'agréable: & ce n'eſt point
aſſez pour nous, que les vaſes que nous avons ſoient propres à notre uſa-
ge, nous les voulons encore d'une belle forme, & d'un beau travail,
car nous diſtinguons ce qui eſt de pure néceſſité d'avec ce qui convient
aux perſonnes d'un certain rang. Je penſe que l'on peut appliquer
cela en particulier aux cheminées de nos cabinets. Elles doivent
non ſeulement ſervir à nous chauſer commodement; mais auſſi
au plaiſir des yeux par la varieté, & la diſtribution de leurs ornemens, & comme elles ſont pour ainſi dire poſtées de concert avec

D   le

a concerto col refto del gabinetto, di cui fon parte, debbono prefentarci una vaga, e dilettevole fimetria. Per quefto fine appunto ho io ne' miei difegni de' camini, non folo propefto il difegno del camino, ma degli ornamenti altresì delle pareti, a cui fi appoggia. Cbi fi fpaventaffe quafi io voleffi un gabinetto meffo da capo a fondo a baffi rilievi, s' ingannerebbe di gran lunga; quefti ornamenti, che fervono a formare un tutto uniforme ponno effere anche in pittura; e così in fatti fono quei del Caffè Inglefe formato da me ful gufto Egiziano, e quei che negli appartamenti del Senatore di Roma ho travagliato alla Greca, e all' Etrufca.

Ma dirà taluno, che fe la moltiplicità degli ornamenti non è viziofa per rapporto alle opere, a cui ferve di decorazione: Lo può ben effere per rapporto al carattere, e alle maniere, che fi pretendono imitare. Ogni nazione ha le fue proprie dalle quali non è lecito allontanarfi. Or qual prova fi reca, che gli Egiziani amaffero nelle loro opere architettoniche tanti, e così fpeffi ornamenti, quanti ce ne prefentano quefte tavole, che voglianfi fatte all' Egiziana? Tutt' altra idea ce ne fomminiftrano que' grand' edifizj, le cui rovine ancor reftano in piedi. Altri ornamenti non vengonfi in effi che gieroglifici, alcune ftatue appoggiate alle pareti, o pofte in vece di colonna; oltre ciò foffitti tempeftati di ftelle d' oro sù d' un fondo azurro.

Chi così difcorre, non riflette per avventura, che di quefti edifizj difcorre non folo dopo più migliaja d' anni, ma dopo altresì gl' incendj, e le rovine più che barbare, che Cambife, ed altri fecero in Egitto di quanto aveavi di magnifico, e fontuofo; odafi ciò che ne dice Strabone Geog. lib. XVII. *Quefta Città (Eliopoli) in oggi è affatto disabitata: v' ho nondimeno un tempio antichiffimo edificato alla Egiziana, il quale con molti indizj manifefti dimoftra la furia di Cambife, e il fuo facrilegio: imperochè coftui fù, che devaftò qui' Templi or sul fuoco, or col ferro mutilandoli, diftruggendoli, ed incendiandoli.* Alle rovine recate per Cambife aggiunganfi quelle, che vi cagionò Ocho alcuni fecoli doppo, e poi lafcifi di trarre argomento dalla fcarfezza, e povertà di ornamenti, in cui trovanfi i Templi, e le fabriche Egiziane. Per poter da effe argomentare il gufto della nazione, converebbe averli veduti nel primiero lor effe-

monize with the reft of the cabinet, of which they are part, they ought to prefent to us an elegant and pleafing fymetry. It is for this reafon precifely that in my defigns of chimneys, I have not only given that of the chimney, but likewife of the ornaments of the walls againft which it is placed. But if any one fhould be fhocked, imagining that I would have a cabinet covered from top to bottom with baffo-relievos, he would be much miftaken; thefe ornaments which ferve to make the whole uniform may be executed in painting, as I have done thofe of the English coffee-houfe after the Egyptian tafte, and thofe in the apartments of the Senator of Rome after the Grecian and Tufcan manners.

But it may be objected, that tho a multiplicity of ornaments be not vicious with regard to the works, which they ferve to adorn, it may be fo in regard of the character and manner which is pretended to be imitated. Each nation has its own, from which it is not lawful to deviate. Now what proof is there that the Egyptians chofe to have in their works of architecture fuch a quantity of ornaments, as we fee in thefe plates, which are faid to be made after the Egyptian tafte? thofe immenfe edifices, the ruins of which ftill remain, prefent to us a very different idea. No other ornaments are feen on them but hieroglyphics, certain ftatues leaning againft walls, or placed in lieu of columns, as alfo ceilings fpangled with ftars of gold on an azure ground.

Whoever fpeaks after this manner, does not perhaps reflect, that he is difcourfing of thefe buildings not only many thoufands of years after they were erected, but likewife after they had been damaged by fire and ruined in the moft barbarous manner by Cambyfes and others, who fought to deftroy all that was magnificent and fumptuous in Egypt. Strabo fpeaks of it as follows, Geog. lib. XVII. *This city (Heliopolis) is now entirely difinhabited: there ftill remains however a moft ancient temple built after the Egyptian manner, which bears feveral manifeft marks of the fury and facrilege of Cambyfes; for it was he who facked thefe temples with fire and fword, mutilating, deftroying, and burning them.* To thofe devaftations of Cambyfes add thofe committed by Ochus fome ages after, and it will be found that no argument can be drawn from the prefent fcarcity and poverty of the ornaments of the Egyptian temples and buildings; to decide of the tafte of that nation it would be neceffary to have been them

le refte du cabinet, dont elles font partie, elles doivent nous préfenter une riante, & une agreable fimetrie. Voila precifément pourquoi j'ai dans mes deffeins für les cheminées, non feulement propofé le deffein de la cheminée; mais auffi celui de ornemens des murs, aux quels elle eft appuyée. Si quelqu'un paroiffoit fufpris de cette idée, & s'imaginoit que je voulaffe un cabinet chargé de bas reliefs depuis le haut jufqu'en bas, il fe tromperoit certainement beaucoup; ces ornemens, qui fervent à former un tout uniforme peuvent éxifter encore en peinture; c'eft ainfi que font faits ceux du Caffé anglois, que j'ai travaillé dans le goût Egyptien, & ceux qui font dans les appartemens du Senateur de Rome, que j'ai imités de la maniere Greque, & de l'Etrufque.

Mais quelqu'un me dira peut être; que fi la multiplicité des ornemens n'eft pas vitieufe par raport aux ouvrages, aux quels ils fervent de décoration; elle peut bien l'être par raport au caractere, & aux manières, que l'on veut imiter. Chaque nation a les fiennes propres, dont il n'eft pas permis de s'éloigner. Or quelle preuve apporte-t-on, que les Egyptiens voulaffent dans leurs ouvrages d'architecture une auffi grande quantité d'ornemens, que nous en voyons dans ces planches, que l'on nous

dit faites dans le goût Egyptien? Ces grands édifices dont les ruines fubfiftent encore, nous en donnent une toute autre idée, L'on n'y découvre d'autres ornemens, que des hyérogliphes, quelques ftatuës appuiées aux murailles, ou tenant lieu de colonne, au furplus des lambris parfemés d'étoiles d'or für un fond d'azur.

Qui en parle ainfi ne fait fans doute pas attention, qu'il parle de ces édifices non feulement après plufieurs milliers d'années, mais auffi après qu'ils eurent été brulés, & prefque tous ruinés tant par Cambyfe, que par d'autres, qui détruifirent tout ce qu'il y avoit de magnifique, & de fomptueux, voici comme en parle Strabon Geog. lib. XVII. *Cette ville, (Heliopolis) eft aujourd'hui entierement deferte: il y a néanmoins un temple tres ancien bâti à l'Egyptienne, qui montre à plufieurs indices manifeftes la furie de Cambife, & fon facrilège: puifque ce fut lui qui faccagea ces temples, employant le fer, & le feu à leur deftruction.* Ajoutons aux ravages de Cambife, ceux qu'y fit Ochus quelques fiécles après; & par confequent le peu d'ornemens qui refte des temples, & des édifices des Egyptiens ne prouve rien pour décider de leur goût en ce genre; il faudroit les avoir vus dans leur premier état,

essere avanti che il tempo, e gli uomini gli avessero disertati.

Sebbene non v'è bisogno di tanto, osservisi quanto sieno cariche di ornamenti alcune statue Egiziane, che ancor ci rimangono, e que' capitelli, quelle mete, e basi, e leoni, e sfingi, che dall'Egitto trasferite a Roma non sono per anco interamente distrutte; osservinsi la tavola Bembina, e gli ornamenti ritrovati nella villa Adriana, e in altre parti; e da tutto questo potrà bene argomentarsi qual fosse il genio della nazione.

Nè vuol certamente ascriversi a difetto, che si fatti ornamenti delle urne, delle basi, e d'altre sì fatte opere abbia io trasferito alle pareti; poichè vedendo io gli stessi stessissimi ornamenti dalle basi per esempio, trasferiti alle urne, alle statue, opere frà di loro disparate, ho ben potuto ragionevolmente supporre, che questi dovessero essere comuni alle pareti ove tanto meglio possono disporsi, e che nelle pareti fossero scolpiti, e incisi dagli Egiziani. Osservinsi le mere Egiziane, che pur sin figura di tante piccole pareti col loro piano inclinato, ornato non già con una sola statua, o mummia, ma con un insieme di più, e più lavori; per esempio con un velo, o labaro merlettato, che dalla rotonda somita della meta giù discende, e in cui vedesi scolpita una testa di carattere frà il Leonino, e l'umano coperta con una berretta cornuta: una statua intirizzita, e quadrifronte sotto il labaro avente di quà, e di là due specie di obelischi ognuno formontato da un uccello posito sù d'un festone, un uovolo diptero, o sia con due ale sparse sotto il festone, e finalmente il Tau, o altra cosa, che a codesta lettera si rassomiglia, adorno di due triglifi orizontali discendenti dalle asle traverse. Or donde mai una sì fatta disposizione di cose in codesta meta? Dall'averci quegli artefici voluto mostrare, un mistero, o dilettare con gli ornamenti? Le tante figure sì umane, sì animalesche, sì mostruose, che noi veggiamo in atto di reggere or colle mani, ed or col capo questa, o quella cosa; e pietre per lo più frastagliate, or con uovoli, or con perle, or con fiori e fruttici, ed erbe di varie forti, erano elleno cose fatte per istar distaccate dall'enorme, e gigantesco dell'architettura Egiziana, o per arricchire quelle pareti de' palazzi, de' Templi, che i viaggiatori ci dicono trovarsi ora senza ornamenti?

Noi

them in their primitive state before they had suffered the devastations of time and of men.

Tho less might suffice, let us observe how rich of ornaments are some Egyptian statues, which yet remain, and those capitals, those obelisks, and bases, those lions and sphinxes, which have been brought from Egypt to Rome, and are not yet entirely destroyed, let us observe the Bembine table, and the ornaments found in the villa of Adrian and other places, and from these a judgement may be formed of the genius of that nation.

Neither ought I to be reproached for having taken ornaments from urns, bases, and other such like works, and transferred them to walls; for since I see the very ornaments of the bases, for instance, applied to urns, and statues which are works of a quite different nature, I may reasonably suppose that they are likewise applicable to walls, where they could be so much more properly deposed, and that they were cut and carved on the walls by the Egyptians. Let us observe the Egyptian goals which indeed represent so many little walls, with their inclined plains, adorned not only with a single statue, or mummy, but with a composition of many different works, for instance with a vail, or banner worked like lace, which falls from the round top of the goal, and on which is carved a head of a character between the human and that of the lion, covered with a horned cap: a stiff statue with four faces under the banner with a kind of obelisk on each side, on the top of each of which sits a bird on a festoon, a dypteric ovolo, or with two wings expanded under the festoon, and lastly the Tau, or somthing resembling that letter, adorned with two horizontal triglyphs, which descend from the traverses. Now from whence could such a disposition of things on this goal take its rise? from the artists intention of representing a mystery, or of delighting the eye with ornaments? All the figures as well human, as of brutes, and monsters, which we see in the action of sustaining different things, somtimes with the hands, somtimes with the head, and the stones for the most part cut by ovolos, rows of pearls, flowers, plants, or herbs of various sorts, were these things made to stand detatched from the enormous and gigantic of the Egyptian architecture, or to enrich those walls of palaces, and temples, which are now, according to travellers, left void of ornaments?

We

état, & avant les ravages, que le tems, & les hommes y ont causés.

Malgré cela que l'on observe seulement combien sont chargées d'ornemens quelques unes des statues Egyptiennes, qui nous restent encore, ces chapitaux, ces pyramides, & les bases, & les lions, & les sphinx, qui transportés d'Egypte à Rome ne sont point encore entièrement détruits. Que l'on observe la table Bembine & les ornemens trouvés tant dans la maison de plaisance d'Adrien, que dans d'autres endroits, & l'on pourra juger d'après cela quel étoit le génie de cette nation.

L'on ne doit pas me reprocher, que j'aie pris sur des urnes, sur des bases, & sur d'autres ouvrages ces sortes d'ornemens, pour les transporter sur des murailles, puisque je vois des ornemens, qui sont absolument les mêmes transportés, par ex:des bases aux urnes, & aux statues, ouvrages fort differens les uns des autres, j'ai pu raisonnablement supposer, qu'ils devoient être communs aux murailles, ou l'on peut plus facilement les placer, & que les Egyptiens en avoient gravés, & sculptés sur leurs murailles. Que l'on observe les pyramides Egyptiennes, qui ressemblent à autant de petites murailles avec leur plan incliné, ornées non seulement d'une statué, on d'une momie, mais d'une quantité de differents ouvrages, par ex: avec un voile, ou un étendart dentelé, qui descend du faite arrondi de la pyramide, & sur le quel on voit en sculpture une tête d'un caractere qui tient du lion, & de l'homme, couverte d'un bonnet à cornes; & sous l'éta ndart une statué à quatre faces & paroissant toute roide, ayant à droite, & à gauche deux espèces d'obelysques chacun surmonté d'un oiseau posé sur un feston, un oeuf diptere, ou bien avec deux ailes étendues sous le feston; & enfin le Tau, ou quelqu'autre chose, qui ressemble à cette lettre, orné de deux triglyphes posés orisontalement, & qui descendent des mises en travers. Or d'ou peut provenir une pareille disposition des choses sur cette pyramide? de ce que les artistes auront voulu representer un mystere, ou réjoüir la vuë par ces ornemens? Toutes les figures tant humaines, que d'animaux, ou de monstres que nous voyons tantôt soutenir avec les mains, & tantôt avec la tête telle, ou telle autre chose; & des pierres ordinairement coupées, tantôt par des cimaises, tantôt par des perles, quelques fois par des fleurs, des arbustes & des herbes de differentes sortes, etoit ce des choses faites pour être detachées de l'énorme & du gigantesque de l'architecture Egyptienne, ou pour orner les murailles de ces palais, & de ces temples, qui au raport des voyageurs sont à present sans ornemens?

E   Nous

Noi veggiamo in alcune pietre, certi ordini orizzontali l'un sotto l'altro divisi per mezzo da tanti listelli, e ne cui scompartimenti, or li vede un filaro di bottoni, or tante sbarre punzate e incavate. Quelli per mio avviso non erano certamente simboli; ma fivvero parti ornamenti di quelle pietre le quali più all'architettura dovevano appartenersi che a qualunque altra cosa.

Ma neppure a miftero recar fi devono certe forme di utenfili modificate con gufto, ed ornate di ftrie, di Meandri ferpeggianti, di rofe, di triglifi, e tetraglifi interrotti da patere, o cofe a patere fomiglianti. Sono quelle non mifteri, ma bizzarie degli artefici Egiziani.

I Simolacri fteffi finalmente, e le ftatue col braccio dritto così tenuto come il finiftro, e con tutto il refto della vita di quà, e di là difpofto allo ftefso modo non faceano certamente armonia, fe non coll'architettura defiderofa di parti compagne, e che fcambievolmente fi corrifpondano.

Ma non più parole sù quefta prima oggezzione, paffiamo alla feconda, che più lungo campo di raggionare potrà fomminiftrarci. E' opinione di molti, che l'architettura Egiazia ed Etrufca non altro prefenti, che maniere ardire e grette. Coftoro difapproveranno certamente l'ufo, che ho fatto dell' una, e dell' altra in quefte mie tavole per ornar gabinetti, ove altro non dee aver luogo, che il leggiadro, e delicato. Quefti medefimi mi domanderanno ragione di tanti pezzi uniti infieme in quefti camini all' Egiziana, la maggior parte de' quali, fe non tutti effendo ftati fimboli, non pare, che convengono nel fignificato. Or quanto alla prima delle coftoro richiefte io rifpondo, che il grottefco ancora ha il fuo bello, e reca diletto; e che quantunque le Cinefi maniere fieno lontane dalle greche niente meno, e forfe più, che l'Egizie, e le Tofcane, pur godiamo di avere de' gabinetti, e delle ftanze alla Cinefe adobbate. Gli uomini fono troppo amanti della varietà per godere fempre d'una medefima decorazione: ci piace di alternare coll'allegro il ferio, e fino il patetico, anche l'orrore delle battaglie ha il fuo bello, e *di mezzo alle tema efte il diletto*.

Ma le opere Egizie anno tutte in realtà quel carattere di durezza, che loro communemente fi attribuifce? Non farebbe mai quefta taccia effetto di certa prevenzione, in cui molti fono, che gli Egizziani nelle arti anno avuto il meri-

We fee on fome ftones certain horifontal orders one under the other, divided in the middle by as many liftels, in the compartments of which ftrings of buttons are fomtimes feen, fomtimes bars pointed and hollowed out. Thefe in my opinion, were certainly not Symbols, but in fact the inner ornaments of thofe ftones, which rather belonged to architecture, than to any thing elfe.

Neither ought we to attribute to myftery certain forms of utenfils executed with tafte, and adorned with flutings, twifting meanders, rofes, triglyps, tetraglyps interfperfed with pateras, or fomthing like them. Thefe are not myfteries, but caprices of the Egyptian artifts.

Laftly the very images, and ftatues, with the arms, and the reft of the body difpofed in the fame manner on both fides, could not make an agreeable harmony, except in architecture which requires fimilar parts, and fuch as have a correfpondant fymmetry.

But this may fuffice to anfwer this firft objection, let us come to the fecond which will furnifh us with a more ample field to reafon upon. The Egyptian and Tufcan architecture, in the opinion of many, has no other characteriftic but the bold and the ftiff. Such will certainly condemn the ufe I have made of both the one and the other in thefe defigns for the ornementing of cabinets, in which nothing fhould have place but the graceful and the delicate. They will require reafons for the many pieces which I have united together in thefe Egyptian chimneys, the greateft part of which, if not all, having been ufed as fymbols do not feem properly applied as to their fignification. Now, with regard to the firft part of their queftion, I anfwer that even the grotesk has its beauty, and gives pleafure; and that, tho the Chinefe manner be as far diftant from the Grecian, and perhaps more fo than theEgyptian and Tufcan,we are delighted to have our rooms and appartments fitted up after theChinefe manner. Mankind is too fond of variety to be always pleafed with the fame decorations: we are alternately pleafed with the gay and the ferious, and even with the pathetic, nay the horror of a battle has its beauty, and *out of fear fpring pleafure*.

But is the character of the Egyptian works fo hard as it is generally thought to be? Is not this accufation the effect of a certain prevention, which many people are in, that in the arts, the Egyptians have had the advantage of inventing, but have not

---

Nous voyons fur quelques pierres certains ordres pofés orifontalement l'un fous l'autre, coupés dans le milieu par autant de reglets, & dont les compartimens font chargés tantôt d'une file de boutons, tantôt de barres pointues, & évuidées. Ce n'étoit point là felon moi des fymboles; mais bien de purs ornemens de ces pierres, qui devoient plûtôt appartenir à l'architecture qu' à toute autre chofe.

L'on ne doit pas non plus prendre pour myfterieufes certaines formes d'utencils modifiées avec goût, & ornées de canelures, de méandres allant en ferpentant, de rofes, de triglyphes, de tetraglyphs entremelés de vafes, ou de quelqu' autre chofe d'approchant. Ce font là non pas des myftéres, mais d'ingenieux caprices de la part des artiftes Egyptiens.

Enfin les fimulacres mêmes, & les ftatues, dont les bras, & toutes les parties du corps font dans la meme pofition tant d'un côté, que de l'autre, ne préfentent pas un contrafte bien harmonieux, fi ce n'eft avec l'architecture, qui éxige de l' uniformité dans les differentes parties, qui l'accompagnent.

En voilà aflez de dit fur la premiere objection, paffons à la feconde, qui nous fourira une plus ample matiere de raifonnement. Plufieurs penfent, que l'architecture Egyptienne & Etruf-

que ne préfente que des manieres dures & hardies. Ceux là défaproveront fans doute l'ufage, que j'ai fait dans mes planches de l'une & de l'autre pour orner des cabinets, où l'on ne doit employer, que le leger & le délicat. Ils me demanderont raifon de tant de morceaux unis enfemble, dans ces cheminées à l' Egyptienne, dont la plus grande partie, pour ne pas dire tous ayant été des fymboles, ne paroiffent pas s'accorder dans la fignification. Or quant à la premiere de leurs demandes je réponds, que le grotefque a auffi fes beautez, & réjouit la vue, & que quoique la maniere Chinoife foit fort éloignée de la Greque, nous avons néanmoins peut être plus de plaifir d'avoir des cabinets, & des chambres meublées à la chinoife, que fi elles l'étoient dans le goût Egyptien, ou Tofcan. Les hommes aiment trop la varieté pour fe contenter toujours des mêmes décorations: nous aimons à entremeler le gai avec le ferieux, & même avec le pathétique, jufque dans l'horreur des batailles nous découvrons des beautés, *& du milieu de la crainte on voit fortir le plaifir*.

Mais les ouvrages Egyptiens ont ils réellement tous ce caractère de dureté, qu'on leur attribue communement? Cette accufation, ne feroit elle pas l'effet de certaine prevention, où font la plus part, que les Egyptiens ont eus dans les arts le mérite de l'in-

merito dell' invenzione , ma non anno poi faputo portarle a quella perfezzione a cui le conduffero i Greci; Sò quello , che final rifponderfi : cioè , che i monumenti Egiziani parlano da fe ſteſſi , baſta dar loro un occhiata per eſſerne convinto : eſſi ci moſtrano bene il genio grandiofo di que' popoli , l'ardimento , il coraggio . Obelifchi di enorme altezza , Piramidi fmifurate , rovine di grandiſſime fabbriche . Ma ove una ſtatua , ove un baſſo rilievo , in cui veggafi quell' eleganza , quella bella proporzione , e tutte quelle grazie , per cui ci rapiſcono le Greche ? Conviene accecarſi per non vedere nelle Egiziane una durezza che ci ributta ; Braccia incollate alla vita , gambe unite , e ſtrette infieme , non moto , non fentimento . Così comunemente difcorreſi full' Egizia architettura : ma forfe torno a ripetere per uno fpirito di prevenzione , e non per efatta cognizione di caufa . Ma ſe vorremo alcun poco rifletterc , troveremo , che bene fpeſſo ſi da la taccia di durezza a ciò , che è folidità richieſta dalla qualità della architettura . Gli antichi , come i moderni formarono ſtatue , e fimolacri di tutto ciò , che ſi vede nella natura , altri perchè foſſero confiderati in fe ſteſſi , ed altri per arricchirne l' architettura , e affiggerli agli edifizj : ne' primi furono efatti , e fedeli in imitare la natura , e in dare a ciafcuno le proporzioni , e i vezzi fuoi proprj : non così ne' fecondi : dovettero foggettarfi alle leggi dell' architettura , a cui fervivano , e ricevere quelle modificazioni , che queſta eſigeva . Or queſte modificazioni , fono quelle che molti chiamano durezze , e citano in prova della poca efperienza degli artefici . Il vedere per efempio una figura umana afflata di fuccis , e di collo , alquanto riempiuta di carne nelle membra , che la natura fuole fare fcarfe ; e un poco fminuta , ove la verità la fa gonfia , con un abito a pieghe ordinariamente dimeſſe , e monotone , la condannano , fenza penfare , che ella era per efempio parte d' un afta ; o che reggendo un qualche pefo imitava la fveltezza , e la purità delle colonne . Così mirando un aquila fcolpita in un Edifizio loderanno il ritrovamento , e il foccorfo dato dall' artefice in quella parte all' architettura : ma loro difpiacerà , e quello ingrandimento degli artigli , e del capo , che per altro ſi accorda tanto bene con la maeſtà dell' Edifizio ; e quelle penne delle ali vibrate , e difpoſte come le canne della ſiringa , che ſi bene

not been able to bring them to that perfection to which they were carried by the Greeks; I know the anfwer which is ufually made: that is,that the Egyptian monuments fpeak of themfelves; to be convinced of which it is enough to caſt an eye upon them: they ſhew us perfectly well the greatneſs of genius, the boldneſs, and courage of that people. Obelifcs of a ſtupendous height, immenſe pyramids , ruins of vaſt buildings . But where is there a ſtatue, or baſſo-rilievo, in which is to be feen that elegance, that beautiful proportion , and all thofe graces , which ravifh us in the Grecian works ? One muſt be blind not to fee in thofe of the Egyptians a fhocking hardneſs; arms glued to the body, legs joined clofe together , neither motion , nor fentiment . This is the ufual language with regard to the Egyptian architecture : perhaps , I repeat it again , it proceeds from a fpirit of prevention , and for want of an adequate knowledge of the thing . But if we would reflect a little we fhould find that we often accufe of hardnefs what is only a folidity required by the quality of the architecture. The ancients, as well as the moderns, made ſtatues, and images of all that is to be feen in nature , fome to be confidered in themfelves , and others for the embellifhment of architecture, and to be attached to buildings: in the firſt they were enact in imitating nature, and in giving to each the proportion and graces which were proper to them : not fo in regard to the fecond: thefe were to be fubjected to the laws of architecture , and to receive fuch modifications as it requires . Now thefe modifications are what many call hardnefles, and they are brought as proofs of the inexperience of the artificers . On feeing for inſtance an human figure with the face and neck ſtreight and meagre , thofe members fwelled which are ſlender in nature , and thofe ſlender which in truth ought to be fwelled , with an habit of which the foids are generally hanging and uniform; they condemn it without reflection , that it was perhaps part of a pike ? or that fuſtaining fome weight , it imitated the lightneſs and purity of columns. So when they fee an eagle carved upon a building , they will praife the invention of the artiſt , and the ufe he has made of it for the advantage of that part of the architecture ; but they will be difpleafed that the talons and head are made too large, which however agrees fo well with the majeſty of the building ; and with the feathers of the difplayed wings , difpoſed like the reeds of the ſhepherd's pipe, which fo well

agree

---

l'invention, mais n'ont pas fçu en fuitte les conduire à ce degré de perfection où les porterent les Grecs ; je fais ce que l'on a coutume de répondre : C'eſt à dire que les monumens Egyptiens parlent d' eux mémes ; qu'il fuffit d'y donner un coup d'oeil pour s'en convaincre qu'ils nous montrent bien le genie grandieux de ces peuples , leur hardieſſe , & leur courage . Des obelyfques d' une hauteur énorme , des pyramides déméfurées. Mais quelle eſt la ſtatuë , ou le basrelief , où l'on trouve cette élégance, cette belle proportion, & toutes ces graces, qui nous enchantent dans les Grecques ? il faut être aveugle pour ne pas voir, que les Egyptiennes n'ont qu'une beauté rebutante; des bras collés au corps , des jambes unies & ferrées l' une contre l'autre, fans mouvement & fans fentiment . Voilà comme on parle ordinairement de l'architecture Egyptienne mais peut-être, je le répete ancore, par un efprit de prévention , & non pas avec une exacte connoiſſance de caufe : car il nous voulons bien reflechir , nous trouverons , que l'on taxe fouvent de dureté ce qui n' eſt que folidité felon que l'exige la qualité de l'architecture. Les anciens , comme les modernes formerent des ſtatuës, & des fimulacres de tout ce , que l' on voit dans la nature , les uns pour étre ifolés , & confiderès féparement , & les autres pour étre attachés aux édifices afin d'en enrichir l'architecture ; dans les premiers , on chercha à imiter fidelement la nature , & à conferver toutes les beautes , & toutes les proportions . Il n'en fut pas ainſi des feconds , ils durent être foumis aux loix de l'architecture à la quelle ils fervoient , & en recevoit toutes les modifications . Or ce font ces modifications , que pluſieurs appellcde ces artiſtes . En voyant , par ex ; une figure humaine avec le vifage & le cou efſilévé, les membres qui font naturellement dellies , être un peu remplis de chair , & ceux qui devroient être pleins & remplis , paroitre maigres & languiſſans , avec un habillement dont les plis font ordinairement néglagé & monotones, ils la condamnent , fans penfer, qu'elle faifoit par exemple partie d' une lance ; ou bien que foutenant quelque poid elle imitoit la légereté , & la pureté des colonnes . Ainſi en examinant un aigle fculté fur un édifice , ils loûeront l'invention de l'artiſte , & le parti qu'il en a fçu tirer pour relever l'architecture : mais ils condamneront la grandeur des ferres, & de la tête , qui conviennent ſi fort a la majeſté de l' edifice ; & ces plumes des ailes dreſſées & difpoſées comme des fyringues , qui s'accordent cependant ſi bien avec

les

bene convengono alle linee orizontali, e perpendicolari dell'architettura.

Per poco che le antiche opere si consultino facilmente si scorge, che su precisa intenzione degli artefici il non rispettare la natura, ove l'arte lo richiedesse. Ne potrei addurre più d'una prova mi conterrerò di accennare soltanto due capitelli, uno de' quali si trova nella Villa Borghese, l'altro in Inghilterra presso il Signor Adams architetto celebre. (Ved. Vav. XIII. nella magnificenza, ed architettura de' Romani). Mirali le due sfingi alate, che sono in essi, e osservinsi le penne maestose delle ali, che oltre l' essere orizontalmente stese, e infieme ordinate, come le canne, sono anche finalmente rivolte per l'insù, e ripiegate con tanto meno di naturalezza, per fare un contraposto avvenentissimo a vero dire, alle volute Joniche rivolte all'ingiù di questi due capitelli.

Che cosa fe porre in luogo delle volute del capitello Jonico, e del Corintio tante teste di Ariete? Si dirà l' intenzione del simboleggiare i Sacrifizj, che si faceano ne' Tempj: forse sì; ma forse ancora, e molto più per mio avviso, per la disposizione di quello animale, a fur esso la voluta con le sue corna, qualora gli si fossero prolungate, e ravvolte tanto più di quel che glie le fa la natura. Questo uso, e quest' avvertenza introdussero nell' architettura più mostri, che nella poesia la fervida imaginazione de' Poeti. Lunga impresa farebbe il voler descrivere i mostri anconini, che nelle antiche opere architettoniche incontriamo. Oltre i Grifoni, i Centauri gl' Ippogrifi le Sirene, le Chimere, ed altri sì fatti parti di poetica fantasia, ve ne ha un infinità d' altri non meno capricciosi, e bizzarri, che debbonsi alla necessità in cui trovaronsi gli artefici di addattare gli ornamenti alla gravità dell' architettura. Per questo stesso motivo veggiamo per esempio delle onde scorrer su d'una linea retta in uguale andamento, e non esser più onde: gli steli di un frutice, o di un fiore richiusi, e raggirati fra due linee parallele non parer più nè fiori, nè fruttici: Viticci rivestiti di frondi artificiali, e ravvolti sempre ad un modo, e non essere più tali. L'arte mancante di nuove invenzioni prese, dirò quasi in prestito dalla natura gli ornamenti, a suo modo alterando, e a' suoi bisogni adattando le cose. Se gli artefici

agree with the horizontal and perpendicular lines of architecture.

From the slightest inspection into the works of the ancients, it is easy to be seen, that the intention of the artists was to have little regard to nature, when their art required otherwise. Of this I could bring many proofs: but I will content my self with mentioning only two capitals one of which is in the villa Borgese, the other in England, in the possession of M.' Adams a celebrated architect. (see Plate XIII. of the magnificence and architecture of the Romans.) Let the two winged spinxes which are upon them be observed, and let the majestic feathers of their wings be considered, which besides being extended horisontally, and disposed like the reeds of the shepherds pipe, are likewise turned up, and bent contrary to nature, to make an agreeable contrast with the Ionic volutes of these two capitals which are twisted downwards.

Why instead of the Ionic, and Corinthian volutes were so often applied the heads of rams? it will be answered that they were placed as symbols of the sacrifices made in the temples: perhaps so; but perhaps, and more probably, in my opinion, by reason of the disposition which the horns of this animal have to form the volutes, by extending and twisting them a little more than they are in nature. This custom, and attention has introduced more monsters into architecture, than the most heated imagination of poets ever did into poetry. It would be a long undertaking to describe all the anonymous monsters, which are to be met with in the ancient works of architecture. Besides griffins, centaurs, Hippogryfs, Syrens, chimeras, and other similar productions of a poetic imagination, there are an infinity of others no less capricious and extravagant, which owe their being to the necessity in which the artists found themselves of adapting the ornaments to the gravity of the architecture. For the same reason we see waves running upon a sleight line in an equal direction, and loose their nature of waves : the stems of a shrub or flower inclosed and twisted between two parallel lines, and seem no more either flowers or shrubs: shoots of vines covered with artificial leaves, and allways twisted in the same manner, so as to loose their nature. Art, seeking after new inventions, borrowed, I may say, from nature ornaments, changing and adapting them as necessity required. Whether the artists are praise-worthy for this; or

---

les lignes orisontales, & perpendiculaires de l' architecture.

Pour peu que l'on consulte les anciens ouvrages on apperçoit facilement, que les artistes eurent peu d'égard à la nature lorsque l'art l'exigeoit ainsi. Je n' en pourrois fournir plus d' une preuve: je me contenterai cependant de parler de deux chapiteaux, l' un des quels se trouve dans la vigne Borghese, & l'autre en Angleterre entre les mains de M. Adams Architecte celebre (Voyez Tab. XIII. de la magnificence & architecture des Romains.) Que l'on observe les deux sfinx ailés qui y sont, & que l'on considere les grandes plumes des ailes, qui outre qu'elles sont étendues orisontalement, & rangées comme des tuyaux d'orgues, sont aussi tournées par en haut, & repliées contre l'ordre naturel, ce qui fait néanmoins un agréable contraste avec les volutes Joniques de ces deux chapitaux, qui sont repliées par le bas.

Pour quoi au lieu des volutes du chapiteau Jonien, & du Corinthien, trouve-t-on si souvent des têtes de beliers? On repondra l'envie de representer par des symboles les sacrifices, que l'on faisoit dans les temples; pour estre bien; mais peut être aussi, & plus vraisemblablement selon moi, a cause de la

disposition que l'on trouve dans le cornes de cet animal pour faire des volutes, tournées les fois qu'on les lui allonge, & qu' on les lui replie plus qu'elles ne le font naturellement. Cet usage, & cette attention introduisirent plus de monstres dans l'architecture, que n'en produisit jamais dans la poesie l'imagination échauffée des poètes. Ce ne seroit pas un petit ouvrage que de décrire les monstres anonymes, que nous découvrons dans les anciens ouvrages d'architecture. Outre les Gryfons, les Centaures, les Hypogrifes, les Sirenes, les Chymères, & autres semblables productions d'une imagination poétique, il y en a une infinité d'autres, qui ne sont pas moins capricieux & bisarres, que l' on doit, à la nécessité où se trouverent les artistes d'adapter les ornemens à la gravité de l'architecture. La même raison nous voyons des ondes, par ex; courir sur une ligne droite sans changer de direction, & n'être plus des ondes : les foibles branches d'un arbuste ou d'une fleur resserrées & entrebassées entre deux lignes parallelles ne ressembler plus ni à fleurs, ni à arbustes: des ceps de vigne chargés de feuilles artificielles, & tournés des replis tortueux sont toujours uniformes, ne paroitre plus les mêmes. L'art manquant de nouvelles inventions, emprunta, si je puis parler ainsi, les or-

el fieno in ciò da lodarfi o nò; fe abbiano operato bene o male, lafcerò che altri l'efamini, e lo decida: a me bafta di far conofcere, che quelle, che molti chiamano durezze in architettura, non fono tali in realtà; nè moftrano mancanza d'arte e di cognizione. Mi bafta di poter affermare con fondamento, che di cotal genere effendo molte delle ftatue Egizie rimafteci, non poffono quelle recarfi per argomento a difcredito degli Egiziani, de' quali fi avrebbe forfe migliore opinione, fe il tempo ce ne aveffe confervati i monimenti in maggior copia. I pochi rimafti ci non fono a mio giudizio baftanti, per formarci una giufta idea, di ciò che feppero gli Egiziani, e di ciò che ignorarono. Tanto più, che quei, che abbiamo fono divinità, o fimboli fulle quali ben fi appofe a mio credere il Buonarroti (offer. ıſl medagl. pag. 215. 216.) cioè, che fe quefti ci fembrano rozzi, non lo fono per mancanza d'arte, ma per venerazione all'antichità, e per rifpetto maggiore delle cofe facre, ch'ebbero gli Egizii: ficcome per imitare gli Idoli antichiffimi, che fi vedevano pe' loro Tempii di quella rozza maniera. Giacchè io non credo, profiegue il detto autore, che gli artefici di quella nazione fi manteneffero così groffi, che non foffero mai arrivati a migliorare il gufto delle loro ftatue, effendoci molte cofe bvone affai, benchè fempre d'una certa maniera loro fpeciale: ficcome adeffo ogni paefe di mano in mano ha avuto profeffori d'uno ftile particolare benchè tutti buoni, che ben fi conofcono e diftinguano fra di loro. Così Il Buonarroti che feppe vedere negli Egizii monumenti quel buono, che troppi non fanno, o non vorrebbono trovarci: Eppure vel troverebbono a mio giudizio, fe con la dovuta attenzione fi faceffero a confiderare quelle fcarfe opere che di loro ci rimangono. Ve ne ha ben fra quefte, alle quali qualunque volta io volgo l'occhio, e fiffo il penfiero, vi veggo non già, come altri pretende degli utili sforzi per ritrarvi la bella natura, ma sì bene modificate, e corrette cotefte naturali bellezze; cioè ridotte a tante altre artificiofe, e più adattate all'architettura. Vi offervo non trafcurata, ma bensì tolta alle figure umane, e ad altri animali l'elafticità, che effi anno per natura, e ciò perchè corrifpondano, come ho pur detto, a quella sì maeftofa, e sì grave architettura, che fu propria degli Egizii.

Per riconofcere quefta verità, fi mirino in quefte ftatue quel-

or whether they have done well or ill, I will leave to be examined and decided by others: it is fufficient for me to fhew that thofe things, which many call hard in architecture, are not fo in effect, and that they do not fhew either a want of art or knowledge. It fuffices that I have grounds to affirm that many of the Egyptian ftatues which remain, being of this kind, they cannot be brought as an argument to difcredit the Egyptians, of whom the world would perhaps have conceived a better opinion, if time had preferved to us a greater number of their monuments. The few which remain are not, in my opinion, fufficient to make us form a juft idea of what the Egyptians knew, or were ignorant of. And the more fo as thofe which we have are either divinities or fymbols, on which, I think Buonarroti obferved very properly (offer. ıſl medagl. page 215. 216.) that is, that if they feem to us rude, it is not for want of art, but out of a veneration to antiquity, and out of the great refpect which the Egyptians had to the facred things: as likewife to imitate thofe moft ancient idols of rude fculpture, which they faw in their temples. For I do not think, continues the fame Author, that the artifts of that nation remained always fo rude, as not to be able to arrive at perfecting the tafte of their ftatues, there being many excellent things in them, tho always of a manner particular to themfelves: in the fame manner as in our days each country has had now and then mafters of particular ftiles, tho all good, which are well known and diftinguifhed from one another. So Buonarroti, who could fee in the Egyptian monuments that merit which many either cannot or would not find in them: And yet, in my opinion, they would find it, if they would confider with a due attention thofe few works of them that remain. Among thefe there are even fome, which I cannot attentively confider, without feeing in them, not as others pretend, ufeful efforts to imitate nature, but thofe beauties of nature modified and corrected; I mean reduced to other artificial beauties more adapted to architecture. I obferve in them that the figures of men and other animals have not that elafticity which is natural to them, and this not from any negligence, but that they might correfpond, as I have already faid, with that majefty and gravity which characterifes the architecture of the Egyptians.

To be perfuaded of this truth, it is enough to confider in thefe

ornemens de la nature, les changeant à fa façon & les adaptant à fes befoins. Si en cela les artiftes fe font louables ou non; s'ils ont bien ou mal fait; j'en abandonne la décifion à d'autres: je ne veux que faire connoître, que ce que l'on nomme fouvent duretés en architecture n'eft pas tel en effet, & ne montre pas toujours un défaut de connoiffance & de capacité. Il me fuffit de pouvoir affirmer avec fondement, qu'une grande partie des ftatues Egyptiennes, qui nous font reftées étant de ce genre, on ne peut pas en tirer de conféquence contre les Egyptiens mêmes; dont on auroit peut être meilleure opinion, fi le tems nous en avoit confervé des monumens en plus grande quantité. Le peu qui nous en refte ne fe font pas, felon moi, fuffifans, pour nous donner une idée jufte de ce que fçurent les Egyptiens, & de ce qu'ils ignorerent; dautant plus, que ceux, que nous avons font des divinités, ou des fymboles fur les quels le Buonarroti fit felon moi de judicieufes obfervations (offer. ıſl medagl. pag. 215. 216.) C'eft à dire, que s'ils nous femblent groffiers, ce n'eft pas la faute des artiftes, mais par vénération pour les chofes antiques, & par le grand refpect que les Egyptiens portoient aux chofes facrées: comme en imitant les anciennes idoles de manière groffière, que l'on voyoit dans leurs temples. Car je ne crois pas, continue le même auteur, que les artifles de cette

nation furent toujours fi bornés, qu'ils ne puffent jamais arriver a perfectioner leur goût fur les ftatues, y ayant beaucoup de bonnes chofes qui leur appartiennent, quoique toujours d'une manière qui leur eft particulière: comme à préfent chaque pays a eu de tems en tems des maîtres, qui qui que bons ont eu des goûts & des manières, qui leurs ont été propres, & qui leur ont faite diftinguer les uns des autres. C'eft ainfi que le Buonarroti fçut voir dans les monumens Egyptiens ce bon, que beaucoup ignorent, ou n'y voudroient pas trouver: je crois cependant qu'ils l'y trouveroient s'ils confideroient attentivement le peu d'ouvrages, qui nous en refte. Il y en a encore quelques uns, que je ne faurois confiderer avec un peu d'attention fans y obferver, non pas déja comme plufieurs le pretendent, d'utils efforts pour imiter la belle nature; mais des beautés naturelles modifiées & corrigées; C'eft à dire changées, en d'autres beautés artificielles, qui s'accordent mieux avec l'architecture. J'y obferve auffi que ce n'eft ni par négligeance, ni par ignorance, que des figures d'hommes & d'animaux y paroiffent privées de leur élafticité naturelle, mais pour qu'elles s'accordent mieux avec la gravité & la Majefté de l'architecture Egyptienne.

Pour reconnoître cette verité, il fuffit de confiderer dans ces

14

quelle parti, che non hanno fofferte le divifate modificazioni, e fi dica, feppur fi può, che non fiano una imitazione perfettiffima della bella natura. Si offervino poi le modificazioni, e l'arte ufata nel farle, e fi vedrà, che il carattere fatto lor prendere, non è altrimenti venuto dall'infufficienza degli Egiziani, nè da un loro incaminamento alla perfezzione della ftatuaria lafciata a mezza via, ma da un loro avvifo de' più maturi, e da un trapaffamento oltre la perfezzione, che loro fi nega.

Ho in vifta frà le altre opere di coftoro i due Leoni, o Leopardi pofti per ornamento in Roma alla fontana dell'acqua Felice, infieme con altri due atteggiati, e ritratti con molto ftudio della natura, cioè lavorati alla greca. Che maeftà ne' Leoni Egizj, che gravità, che faviezza! che compofezza, che modificazione di parti! con che arte fpicca in effi ciò che fi accorda con l'architettura, e riman foppreffo ciò che la difajuta! Al contrario quegli altri Leoni ritratti tali quali fi vedono nella natura, e cosi atteggiati, come è piaciuto al capriccio dello fcultore, che ftanno a farvi? A diminuire il ricrefcimento, che gli Egizj danno, e ben grande all'architettura di quella fonte, che pur non è delle bene intefe.

Per modificare adunque con tanta faviezza e criticar la natura nelle forme, che ella ha dato agli uomini, e alle beftie, per fare in fomma, che quefte forme ridotte in pietre foffero naturali fi, ma anche parti di quefto, o quello edifizio non fù egli duopo di conofcere quanto ha in fe la natura di buono, e di bello? or come l'avrebbono conofciuto, fe non l'aveffero ritratto talora nelle ftatue? come avrebbono ardito mortificarlo, fe prima non aveffero veduto il mal accordo, che i fimolacri in tutto, e per tutto naturali facevano con l'architettura. Mirifi la Sfinge fcolpita ful famofo obelifco di campo Marzo di cui per poco io mi dimenticavo, e mi fi dica, fe quefto pezzo di Egiziana antichità, moftri nel fuo artefice una perfetta cognizione di quanto la natura ha di buono, e di bello? Io fono ficuro, che un occhio intendente faprà ben ritrovarvi non folo la imaeftà, e grandezza, che non fi niega agli Egizj, ma quel morbido altresì, quel carnofo, e palpabile, che folo fi vuole faputo da Greci, e non mai conofciuto dagli Egizj. Ma fe non fù loro ignoto, che anzi il feppero molto prima de'

---

thefe ftatues the parts which have not undergone the above mentioned modifications; and then let it be faid, if poffible, that they are not perfect imitations of beautiful nature. After wards let the modifications and art made ufe of in their execution be obferved, and it will appear that the character which was given them, did not proceed from any want or ignorance in the Egyptians, nor from their having ftopped fhort in the way to perfection, but from mature confideration, and from their having paffed that perfection, which is denied them.

I have in view, among other works of theirs, the two Lions or Leopards which ferve to adorn the fountain of the Felician aqueduct in Rome, together with two others ftudiously copied, both as to action and defign from nature, that is, worked after the Grecian manner. What majefty in the Egyptian ones, what gravity and wifdom! what union, and modification of parts! how artfully are thofe parts fet of which are agreeable to architecture, while thofe are fuppreffed, which are not advantageous to it! Thofe other lions on the contrary, which are exactly copied from nature, and to which the artift capriciously gave what attitude he pleafed, what have they to do there? they only ferve to diminifh the great effect, which the Egyptian ones give to the architecture of that fountain; which however is not one of the moft elegant.

To modify therefore with fo much wifdom and knowledge thofe forms which nature has given to men and beafts, to render in fine thofe forms, when executed in ftone, not only natural, but likewife harmonic parts of fuch or fuch a building, was it not neceffary for them to know whatever is good or beautiful in nature? Now how could they have known it if they had not fometimes copied it in their ftatues? How would they have dared to deprefs it, if they had not firft feen the bad accord which images perfectly conformable to nature made with architecture. Let the fphinx carved on the famous obelifc in the Campus Martius be confidered, which I had almoft forgot, and then let it be faid whether this piece of Egyptian antiquity does not prove that the carver of it had a perfect knowledge of all that is good and beautiful in nature. I am certain that an underftanding eye will fee in it not only the grand and the majeftick, which no one denies to the Egyptians, but likewife that delicacy, that flefhynefs, and that palpablenefs, which is fuppofed to have been known only to the Greeks, and never to the Egyptians. But far from being ignorant of it, they knew it even

---

ces ftatuès, les parties qui n'ont point été fujettes aux modifications dont nous venons de parler, & que l'on dife après cela, s'il eft poffible, qu'elles ne font pas une parfaite imitation de la belle nature. Que l'on obferve en fuite les modifications, & l'art dont on s'eft fervis pour les faire, & l'on verra, que le caractère, qu'on leur a fait prendre, n'eft point provenu de l'infufifance des Egyptiens, ni de ce que leurs ftatuaires n'ayent pu aller plus loin, mais que c'eft le fruit d'une profonde réflexion, & qu'ils ont été bien au de la de ce que l'on croit communément.

Je confidère entre les ouvrages dont nous venons de parler deux Lions, ou Léopards, qui fervent d'ornement dans Rome à la fontaine de l'eau Felix, avec deux autres, où la nature a été imitée avec foin, c'eft à dire, travaillés à la Grecque. Quelle majefté dans les lions Egyptiens, quelle gravité, quelle fageffe! Quelle union, quelle modification des parties! avec quel art n'y voit on pas paroître ce qui s'accorde avec l'architecture, tandis que ce qui ne lui convient pas y femble caché. Au contraire ces deux autres lions, qui imitent fi bien la nature, & que l'ouvrier a fait paroître dans quelle attitude il a voulu, que font ils là? Ils n'y fervent qu'à diminuer l'éclat,

---

que les lions Egyptiens donnent à l'architecture de la fontaine, qui n'eft pas avec tout cela des mieux entendues.

Pour modifier la nature avec tant de fageffe, en l'alterant dans les formes, qu'elle a donné aux hommes, & aux animaux, pour faire enfin que ces formes travaillées en pierre fuffent naturelles, & en meme tems s'accordaffent avec cette, ou telle partie d'un édifice, il falut fans doute, qu'il connuffent tout ce que la nature a en foi de beau, & de bon. Or comment l'auroient ils connus, s'ils ne l'avoient quelques fois imité dans les ftatuès? Comment auroient ils ofé l'alterer, s'ils ne s'étoient auparavant apperçus, que les fimulacres, qui imitoient parfaitement la nature s'accordoient mal avec l'architecture. Que l'on confidère le fphinx fculpté fur le fameux obelifque du champ de Mars, que j'étois prefque fur le point d'oublier; & que l'on me dife, fi ce morceau d'antiquité Egyptienne, ne montre pas dans l'ouvrier qui l'a travaillé une parfaite connoiffance de tout ce que la nature a de beau, & de bon. Je fuis affuré qu'un oeil connoiffeur, faura bien y découvrir non feulement le grand, & le majeftueux, que l'on accorde aux Egyptiens; mais encore ce moelleux, ce charnu, & ce palpable, que l'on croit n'avoir été connu que des Grecs, & toujours ignoré des Egyptiens. Mais bien loin de l'igno-

de' Greci medefimi, poichè chiunque fia il Sefoftri fotto cui quefta guglia fù lavorata, e in qualunque tempo abbia viffuto, ei per comune confentimento de' più dotti cronologi, viffe, e regnò molto prima delle Olimpiadi, che è quanto dire più fecoli innanzi, che la Greca fcultura giungeffe alla fua perfezione. Concludo io dunque, che gli Egiziani perfezionarono anch' effi la ftatuaria, e che non fu loro incognita un infinità d' ornamenti per render fempre più adorna la loro architettura fenza offendere la gravità. Or dopo aver difefi gli Egiziani dalla ingiufta taccia, che loro vien data, e fatto vedere quanto quefta nazione ha potuto produrre con la fua propria architettura, nella grande, non meno, che nella piccola, ragion vuole, che io parli degli Etrufchi, le cui opere foggiacciono alle fteffe critiche, e fervono a più d'uno per iftabilire sù d' effe il poco fapere degli Etrufchi in genere di belle arti. Ma forfe che prima di ogni altra cofa fi vorrà da me fapere a quali contrafegni fi debbano diftinguere i camini, che diconfi fatti all' Etrufta da quei che fatti fono alla Greca, e alla Romana. Al che io rifpondo non effer così agevol cofa l'affegnare un particolare carattere per cui l'una architettura fi diftingua dall'altra, come da tutte fi diftingue l'Egizia.

La Romana, e l'Etrufca furono da principio una medefima cofa, da Tofcani impararono i Romani, e non altra architettura ufarono per molti fecoli; adottata in appreffo la Greca, non perchè l'Etrufca foffe mancante di parti, o d'ornamenti, o di grazia: ma perchè la novità, e il merito fece gradire certi vezzi, e certe eleganze particolari a Greci, che ogni nazione ha i fuoi proprj; l'Etrufca, e la Greca reftarono confufe infieme, le grazie, e i vezzi dell'una fi fecero comuni all'altra, e i Romani feppero unire infieme, in una fteffa opera, l'uno, e l'altro. Quefto è ciò che ho pretefo di fare anch' io in quefti camini, che non fono all' Egiziana; unir l'Etrufco, che è quanto dire il Romano, col Greco, e far che il bello, e il vago degli uni, e degli altri compofto infieme, ferva all'efecuzione del mio penfiere. Gl'intendenti fapranno ben diftinguere ciò che di loro ragione vi abbiano i Greci, e ciò, che agli Etrufci fi appartenga.

Quefto bello però, e quefto vago degli Etrufci, e quello che fi vorrà contraftarmi e quefto appunto è quello di cui io qui prendo la difefe.

E pri-

even long before the Greeks, fince whoever this Sefoftris was under whofe reign this obelifc was made, and in whatfoever time he lived, according to the common confent of the moft learned chronologers, he reigned along before the Olympiads, that is to fay, many ages before the Grecian fculpture was brought to perfection. I therefore conclude that the Egyptians alfo brought the ftatuary art to perfection, and that they were acquainted with an infinite number of ornaments proper to embellifh architecture without taking away from its gravity. Now after having defended the Egyptians from the accufations which are unjuftly made againft them, and having fhewed how great things this nation has been able to produce with its own architecture both as to the great and fmall parts of it, it is but juft that I fay fome thing of the Tufcans, whofe works lie under the fame afperfions, and ferve as a motive to many to tax the Tufcans with a want of knowledge in the fine arts. But it will perhaps firft be afked me how thofe chimneys are to be diftinguifhed, which are faid to be made in the Tufcan manner, from thofe which are made in the Greek and Roman. To which I anfwer that it is not eafy to affign the diftinctive character of each as clearly as the Egyptian architecture is diftinguifhed from all the reft.

The Roman and Tufcan were at firft one and the fame, the Romans learned architecture from the Tufcans, and made ufe of no other for many ages; they afterwards adopted the Grecian, not on account that the Tufcan was deficient either in parts, ornaments, or beauty; but becaufe novelty and merit rendered agreeable certain elegances and graces peculiar to the Greeks, as each nation has its own; the Tufcan and Grecian were mixed together, the graces and beauties of the one became common to the other, and the Romans found means to unite them both in one and the fame work. This is what I likewife have pretended to do in thefe chimneys, which are not after the Egyptian manner, to unite the Tufcan, or what is the fame, the Roman with the Grecian, and to make the beautiful and elegant of both united fubfervient to the execution of my defign. The connoiffeurs will eafily diftinguifh what belongs to the Greeks, and what to the Tufcans.

But this beautiful and elegant of the Tufcans is what will be contefted with me, and this is what precifely I take upon me here to defend.

And

---

l'ignorer, ils en eurent connoiffance long tems avant les Grecs mêmes; car quel ait pû être, & en quel tems ait pû vivre le Sefoftris, fous le quel cet obelifque fut travaillé; ce qu'il y a de fûr, c'eft que les plus habiles cronologiftes placent le tems de fon regne long tems avant les Olympiades, c'eft à dire plufieurs fiécles avant, que la fculpture ait été perfectionnée dans la Grece. Je conclus donc, que les Egyptiens perfectionerent auffi l'art de faire des ftatues, & qu'ils connurent differentes fortes d'ornemens propres à orner l'architecture fans en offencer la gravité. Aprés avoir juftifié les Egyptiens de l'accufation dont on les chargeoit, & fait connoitre tout ce qu'ils ont pu faire, tant dans la grande, que dans la petite architecture; il convient auffi que je parle des Etrufques, dont les ouvrages font expofés aux memes cenfures, & fervent de pretexte à ceux qui les taxent de peu de connoiffance dans les beaux arts. Mais peut être voudra-t-on avant toutes chofes favoir de moi à quelle marque on peut diftinguer les cheminées, que l'on dit faites à l'Etrufque, d'avec celles, qui font faites à la Greque, ou à la Romaine, fur quoi je refponds qu'il n'eft pas fi facil de déterminer quel eft le charactere diftinctif de l'une, ou de l'autre, comme on pourroit le faire de l'Egyptienne.

La Romaine, & l'Etrufque furent dans les commencemens une meme chofe; les Romains apprirent des Tofcans, & ne fe fervirent pendant plufieurs fiécles d'aucune autre architecture: cependant par la fuitte ils adopterent la Greque, non que l'Etrufque manquât de parties, d'ornemens, & de graces; mais par raport à la nouveauté, à l'élégance, & à certains agrémens particuliers aux Grecs, comme chaque nation a les fiens propres. Alors l'architecture Etrufque, & la Greque furent mélées enfemble; les agrémens, & les graces de l'une devinrent communes à l'autre, & les Romains trouverent le moïen de les réunir dans un meme ouvrage. Voila auffi ce que j'ai prétendu faire pour ces cheminées, qui ne font point à l'Egyptienne: unir l'Etrufque, ou fi l'on veut le Romain avec le Grec, & de faire en forte que le beau, & l'agréable des uns, & des autres ferve à l'éxecution de mon deffein. Les connoiffeurs fauront bien diftinguer, ce qui appartient aux Grecs, ou aux Etrufques.

Je vais tacher de prouver, que ce beau, & cet agréable que l'on contefte aux Etrufques, exifte réellement.

H   Je

E primieramente io domando , se Etrusche sieno in
realtà tutte quelle opere, che per tali communemente si spac-
ciano . Guardimi il Cielo , che io voglia niente detrarre al
merito dell' illustre autore del Museo Etrusco . Sò quanto la
bella letteratura , e la scienza Etrusca in particolare debba alle costui fatiche : ma non lascerò di dire tutta volta , che in
quella gran raccolta non poche cose vi sono , che l' Etruria non riconoscerebbe per sue , non ostante le proteste del
Gori . Dirò , che se trar se ne volessero quelle , che non
anno altro carattere di Etrusco , che l' essere trovate in Etruria , o l' esser rozze , e malfatte ; l' opera scemerebbe in
vero di mole , ma forse crescerebbe di pregio . Comunque
questo sia , io sostengo , che dell' arte Etrusca giudicar non
si dee , se non su d' opere che sieno indubitatamente Etrusche . Or queste , quando anche fossero tutte d' un carattere risentito , e gretto , sono in sì scarso numero , che senza una spacciata prevenzione non bastano per decidere
dell'ignoranza , e imperizia de' Toscani . E che fu forse pri-
vilegio particolare de' Greci artefici , che tutto uscisse da loro
scalpelli , e pennelli perfetto, è niente sinsi da essi fatto di
risentito , e di gretto ? Converrà dunque dire , che lavoro di
Toscani Artefici sieno parecchie opere , che tuttavia restano in
Grecia , quali mediocri , e quali di niun merito .

Ma sono in realtà gli Etruschi monumenti tutti di questo carattere ? Nè ve ne ha sol tanti alcuno , che ci dia una
qualche vantaggiosa idea della maestria de' loro artefici ?
Odansi il Marchese Scipione Maffei , e il Conte Caylus , che
risponderanno per me : Quanto fossero eccellenti , dice il primo , i Toscani nel maneggio de' metalli , e ne' lavori di terra è
loro monumenti dimostrano : la statua togata dal Museo Mediceo :
la chimera di bellissimo metallo , e più altre opere voce dentro ,
e lavorate con tutta perfezione per ogni conto fanno conoscere
quanto in ciò valessero . E altrove : il disegno di questi vasi , e
delle statue , e di altri monumenti d'ordinario è ottimo , benchè
non ne manchino anche di rozzamente espressi , quali è credibile
siano i primi , e più antichi, per altro se ne ha non punti in-
feriori a Greci . Nel disegno , e nelle arti , che da esse dipendono
si segnalò questa gente a meraviglia . La perizia nell' architettura riluce da molti ornamenti , che si ravvisano attribuibili poi
non all'ordine Toscano , ma agli altri : e riluce nelle porte , e
templetti , o vogliamo dire altari , e capelle , che in alcune di
que-

And in the first place I ask whether all those works which
are commonly reputed to be Tuscan be such in reality . God for-
bid I should detract any thing from the merit of the illustrious
author of the Tuscan Museum . I know how much the republic
of letters , and the Tuscan learning in particular owe to his labours ; but I will however venture to say , that in his great collection there are many things which the Tuscans would not
acknowledge for their own notwithstanding the protestations
of Gori . I will say that if all those , which have no other character of Tuscan but their having been found in Etruria , or being
rude , and ill-made , were to be taken away ; the work , it is
true , would diminish in size , but would perhaps encrease in value . But be this as it will , I mantain that we ought not to judge
of the excellence of the Tuscan artists unless from works which
are undoubtedly Tuscan . Now these , thô they were even all of
a strong and stiff character , are in so small a number , that without a most partial blindness they are not sufficient to decide of
the ignorance or incapacity of the Tuscans . And had the Grecian
artists the exclusive privilege of making nothing either in painting or sculpture but what was perfect? and did nothing ever come
from them that was strong and stiff? In which case it ought be
said that a number of middling works , and many of no kind of
merit , which yet remain in Greece , were made by the Tuscans .

But are the Tuscan ornaments in fact all of this character ?
And among so many is there not one to be found to give a
more advantageous idea of the skill of their artists ? Let us give
ear to the Marquis Scipio Maffei , and to Count Caylus , who
will answer for me : How excellent , says the first , were the Tuscans in the working of metals and clay , is evident from their monuments : the statue dressed in the toga in the museum of the Medici , the
chimera of most beautiful metal , and many other works , cast hollow
and executed in the greatest perfection , evidently demonstrate their
ability in it , and in another place ; the design of these vases , of
the statues , and other ornaments is generally very excellent , tho there
are not wanting even some of rude workmanship , which probably
were the first and most ancient , there are some however nothing inferiour
to the Grecian . This people signalised it self in regard of design , and in
those arts which depend on it . The knowledge of the Tuscans in archite-
ture is evident from the many ornaments attributed afterwards not to the
Tuscan , but to the other orders , and it shines forth in the doors , in
the little temples , or altars , and chapels , which are designed on some of
the-

Je demande premierement , si tous les ouvrages qui pas-
sent pour Etrusques le sont réellement ? Dieu me garde que je
veuille en rien diminuer le merite de l'illustre auteur du Musée
Etrusque . Je sais combien la belle litterature , & la science
Etrusque en particulier doivent à ses soins : mais je ne saurois
m'empêcher de dire , qu'il y a bien des choses dans ce gros
recueil , que l'Etrurie ne reconnoîtroit pas , non obstant les
protestations du Gori . Je dirai , que si on en vouloit tirer celles ,
qui n'ont d'autre caractere d'Etrusque , que d'avoir été trouvées en Etrurie , & d'être grossiéres , & mal faites ; l'ouvrage
diminueroit bien de grosseur , mais augmenteroit peut-être de
prix . Quoi qu'il en soit , je soutiens que l'on ne doit juger de
l'habileté des Etrusques , que sur des ouvrages reconnus pour
leur appartenir incontestablement . Or quand ceux ci seroient
tous d'un caractere dur , & pesant , ils sont en si petit nombre ,
que sans une prevention aveugle ; ils ne sauroient suffire pour
décider de l'ignorance , & de l'incapacité des Toscans . Les
Grecs seuls eurent ils le privilège particulier de ne rien faire
que de parfait en peinture , ou en sculpture ? & n'est il jamais
rien sorti de leur pinceau , ou de leur ciseau , qui ne fut marqué
au bon coing ? En ce cas là il faudra dire que quantité d'ouvrages mediocres , ou de nulle valeur , qui existent encore en Grece
ont été faits par les Toscans .

Mais les monumens Etrusques , sont ils réellement tous
de ce caractere ? et n'en peut on trouver aucun parmi un si
grand nombre , qui donne quelque idée un peu plus avantageuse
de la capacité de leurs artistes ? Ecoutons le Marquis Scipion
Maffei , & le Comte de Caylus qui repondront pour moi : Les
monumens Toscans , dit le premier , montrent combien ces peuples
excellerent dans les ouvrages de terre , aussi bien que dans le travail
des metaux . La statue couverte d'une robe du Attuie Medici , la
chimère d'un tres beau metal , & plusieurs autres ouvrages , creusés,
& travaillés dans la derniere perfection , font voir combien ils furent
habiles dans cette partie , & ailleurs , le dessein de ces vases , des statues , & d'autres monumens est tres bon pour l'ordinaire , quoi qu'il
n'y en manque pas de grossierement travaillés , qu'on peut croire être
les premiers , & les plus anciens , il y en a cependant qui ne sont point
inferieurs aux Grecs . Ce peuple se signala fort dans le dessein , & dans
les arts qui en dependent : On reconnoit son habileté dans l'architecture ,
par plusieurs ornemens , qu'on a attribué en suite aux autres ordres , mais
non pas au Toscan . Cette habileté brille particulièrement dans les portes ,
& dans les petits temples , ou bien autels , & chapelles , & qui sont
dessi-

queste anticaglie sono disegnate. Les anciens, così il Caylus (Antiq. Egypt. Etrusq. part.2.) & les modernes auroient dû passer moins legerement sur le travail exquis des vases; en relever l'elegance, & la varieté, & faire sentir les agremens dont ils sont traitès. En effet quelle pureté ne remarque-t-on pas dans leurs formes! quelle sagesse dans quelques uns de leur ornement courant! Quelle justesse dans la position de leurs anses! Toutes ces parties ou regne un gout formé par le vray son trop souvent repetées, pour qu'on puisse les attribuer au hazard. Les Etrusques n'auroient pas produit tant de morceaux inimitables sans une connaissance parfaite de l'art joint aux plus heureuses dispositions naturelles en sorteque tout ce qui est sorti de leurs mains a un caractere original, qu'on ne sçauroit confondre avec un autre. Si tel peuple a fait briller cette noble simplicité qui eleve l'esprit sur des vases destinés a l'usage le plus commun; quels soins n'aura-t-il pas employé en travaillant des matieres plus precieuses. Aveano dunque gli Etrusci, e arte, e gusto, e questo nobile, maestoso, delicato, brillante. Ma seguitiamo ad ascoltare il Signor Conte: Il est vray qu'ils ne nous offrent, que trois ou quatres couleurs, & qu'il ne nous font naitre que l'idée d'une peinture mise au plat, & sans aucune degradation: mais ils prouvent, que la peinture etoit pratiquée en Etrurie selon l'usage ordinaire aux autres nations: car il faut posseder un art, en connoitre au fond toutes les finesses, & toutes les parties, pour en representer l'effet au spectateur non seulement par un moyen equivalent, mais encore convenable à la matiere qu'on employe, & dont les differences sont si grandes, qu'elles exigent des operations absolument opposées. In fatti, che la pitture monocromatiche, o sia d'un sol colore, sieno state usate non allora solamente, che l'arte andava crescendo; ma quando era giunta alla perfezzione, ce lo attesta Plinio ove narra, che Zeusi dipinse anch'egli i monocromi con il color bianco.

Io ben prevedo, che mi si vorrà porre innanzi il disegno delle pitture de' vasi Etruschi, di cui il Caylus lodatore de' vasi non fà parola: e far non la potea a parer di molti, se non se per rilevarne l'imperfezzione.

Or io rispondo, che se tra l'accennate pitture ve ne ha parecchie di non isquisito disegno: molte altresì ve ne sono in cui mirasi imitato con arte, e maestria quanto di più avvenente, e maestoso trovasi nella natura, che se non superano, punto però non cedono alle opere della Grecia le più cele-

17

these remains of antiquity. And Caylus (Antiq. Egypt. Etrusq. part.2.) says: Both the ancients and the moderns ought not to have passed so slightly over the exquisite workmanship of the vases, they ought to have taken notice of their elegance and variety, and to have remarked with what gracefulness they are treated, and in fact what purity in their forms! what wisdom in some of their flowing ornaments! what precision in the adjusting of their handles! All these parts, in which reigns a taste formed upon truth, are too often repeated to give room to attribute them to chance. The Tuscans could not have produced so many inimitable pieces without a perfect knowledge of art, joined with the most happy natural dispositions; insomuch that all which is come out of their hands, bears a character of original which cannot be confounded with any other. If that people has shewn that noble simplicity, which charms the mind, on vessels destined to the most common uses; how much more care must they have taken in working things of more value. The Tuscans therefore had art and taste, and this noble, majestic, delicate, and lively. But let us continue to hear the Count. They offer it is true to our view only three or four colours, and they only give us an idea of painting upon the flat, and without any degradation: but they prove that painting was practised in Hetruria, according to the ordinary custom of other nations: for one must be master of an art, be thoroughly acquainted with all its delicacies, and parts, to be able to represent its effects to the spectator not only by an equivalent means, but by such a one as is agreeable to the materials, which are employed, and of which the differences are so great that they absolutely require contrary operations. And indeed, that monocromatic pictures or such as are of one colour, were not only in use while art was improving, but when it was brought to perfection, this is attested by Pliny, where he relates that Zeuxis himself painted monocromas in white.

I foresee very well that the design of the paintings on the Tuscan vases will be brought against me, of which Caylus, tho an admirer of these vases, does not say a word: and, according to the opinion of many, he could have said nothing but what would have tended to shew its imperfection.

To this I answer that, if among the above paintings, there be some poorly designed; there are however a great many others in which we admire an artful and masterly imitation of whatever is beautiful and majestic in nature, and if they do not surpass, they are in no wise inferior to the most celebrated works of Greece.

dessinées sur quelques unes de ces anticailles. Les anciens, dit M. de Caylus (Antiqu. Egypt. Etrusq. part.2.) & les modernes auroient dû passer moins legerement sur le travail exquis des vases, en relever l'elegance, & la varieté, & faire sentir les agremens dont ils sont traitès. En effet quelle pureté ne remarque-t-on pas dans leurs formes! Quelle sagesse dans quelques uns de leurs ornemens courans! Quelle justesse dans la position de leurs anses! Toutes ces parties ou regne un gout formé par le vrai sont trop souvent repetées, pour qu'on puisse les attribuer au hazard; les Etrusques n'auroient pas produit tant de morceaux inimitables sans une connaissance parfaite de l'art joint aux plus heureuses dispositions naturelles; en sorteque tout ce qui est sorti de leurs mains a un caractere original, qu'on ne sçauroit confondre qui est sorti de leurs mains a un caractere original, qu'on ne sçauroit confondre qui eleve l'esprit, sur des vases destinés a l'usage le plus voisin; quels soins n'aura-t-il pas employé en travaillant des matieres plus precieuses. Les Etrusques avoient donc de l'art, & du goût, & ce noble, majestueux, délicat, & brillant. Mais continuons à écouter M. le Comte: Il est vrai qu'ils ne nous offrent, que trois ou quatre couleurs, & qu'ils ne nous font naitre que l'idée d'une peinture mise au plat, & sans aucune degradation: mais ils prouvent la peinture etoit pratiquée en Etrurie selon l'usage ordinaire des autres nations, car il faut posseder un art, en connoitre au fond toutes les finesses, & toutes les parties, pour en representer l'effet au spectateur, non seulement par un moyen equivalent; mais encore convenable à la matiere qu'on employe, & dont les differences sont si grandes, qu'elles exigent des operations absolument opposées. En effet, que les peintures monocromatiques, ou bien d'une seule couleur ayent été en usage non seulement alors, que l'art alloit en croissant, mais même quand il fut arrivé à sa perfection, c'est ce que Pline nous assure lors qu'il dit, que Zeuxis peignit aussi les monocromes de couleur blanche.

Je prévois bien, que l'on voudra m'objecter le dessein des peintures, qui sont sur les vases Etrusques, dont M. de Caylus admirateur de ces vases ne parle pas; comme il ne le pouvoit, au sentiment de plusieurs, à moins qu'il n'eut voulu en relever les imperfections.

Je réponds à cela, que si entre les peintures, dont nous venons de parler, il y en a quelques unes, qui ne soient pas des mieux dessinées; il y en a beaucoup d'autres en revanche, où l'on trouve avec surprise, une parfaite imitation de ce que la nature a de plus beau, & de plus agréable, & qui ne le cede en rien aux plus célébres ouvrages de la Grèce. Mais la prevention

où

I

celebrate. Ma la prevenzione da cui lasciati si sono trasportare gli antiquarj, e con essi il Cassus, ha tolto agli Etruschi per darli a' Greci, tutti quei vasi, in cui vedeli un perfetto, e compito disegno. Vorrei però, che coloro, che così pensano mi dicessero perchè mai niuno di questi vasi sia stato rinvenuto in Grecia, ma sibbene tutti nell' Etruria, e nella Campagna. Ciò mostra bene, che l'arte di farli, e in cotal guisa dipingerli sù Etrusca, e Italica. Che se alcuno se n'è per avventura trovato in Grecia, colà dovette passarvi dalla Toscana. Ma quando anche vi fosse stato travagliato da alcun Greco artefice, ciò non ostante, posto il già detto, negar non si potrebbe, che questi vasi non sieno di invenzione, e di maniera Toscana, imitata, e ritratta dal Greco artefice, che ad operar saviamente dovette mantenere il carattere sù cui prendeva a lavorare. Così sanno appunto i nostri Pittori, qualora dipingono alla Cinese, tante migliaja di leghe dalla Cina lontani, e con tanto più di sapere de' Pittori Cinesi. Conservano nelle figure e negli ornamenti, il gusto, e le maniere proprie de' Cinesi, come che goffe, e lontane da ogni buon garbo, chi facesse altrimenti non dipingerebbe alla Cinese, ma sì bene alla Romana,

E giacchè a raggionare de' vasi Etruschi ci siamo condotti, qualora io considero per l'una parte la sorprendente quantità, che di questi ci rimane; e per l'altra la varietà delle forme con cui sono fatti tutte differenti, e bellissime non posso non ammirare altamente il genio fecondo, e dirò quasi creatore de' Toscani artefici. Io sono andato fantasticando meco stesso più volte, qual cosa nella natura potè somministrare a costoro tanta varietà d'idee, e di forme, allorchè chiamato ad osservare una raccolta di nichi, ed altri testacei sì marini, che terrestri fatta già da Monsignor Baldani, non ebbi appena gettato su di essa lo sguardo, che parvemi di ravvisare in codeste opere della natura tutte le forme, le modificazioni, e ardisco dire anche gli ornamenti pittoreschi, che io avea veduti, ne' vasi Etruschi. In questo mio pensiere mi confermai viepiù, allorchè tornato a casa, e presa in mano la raccolta, che di tal forte di testacei ha publicata il Signor Nicola Gualtieri Filosofo, e medico della facoltà di Firenze, paragonai con essi le divisate forme, il garbo, gli ornamenti di codesti vasi; ed ecco dissi

ce.But the prejudices, by which the antiquarians have let themselves be guided, and among them even Caylus himself, have taken from the Tuscans to give to the Greeks all the vases of which the design is perfect. But I wish that those who think so would tell me why none of these vases were ever found in Greece but all of them in Hetruria, and in the Campagnia. This sufficiently demonstrates that the art of making and painting them was Hetruscan and Italian. But if any one by chance should have been found in Grece, we ought to suppose it to have been brought out of Tuscany. But granting that is was wrought by a Grecian Artist, it cannot be denied, after what we have said, that such vases are of Tuscan invention, imitated and copied by the Grecian artist from the Tuscan manner, who to act with judgement, must have kept up to the character of the works he pretended to imitate. It is precisely in this manner that our painters proceed, whenever they undertake to paint in the Chinese stile, so many thousand leagues distant from China, and tho much more knowing in the art of painting than the Chinese.They preserve in the figures and ornaments the taste and manner, which characterise the Chinese, however aukward and ungraceful; whoever should do other wise, would not paint in the Chinese but in the Roman manner.

And since we have undertaken to discourse of the Hetruscan vases, when I consider on one hand the surprising number of them which remain, and on the other hand the variety of their forms all different, and all beautiful, I cannot avoid greatly admiring the fruitful, and I might almost say, the creating genius of the Tuscan artists. I had often put my imagination to the stretch to find out what there is in nature which could furnish them with such a variety of ideas and forms, when called on to see a collection of shells and other testaceous productions both marine and fossil, made by the late Monsignor Baldani, I had scarcely cast my eyes upon them, when I thought I perceive d in these works of nature all the forms, the modifications, and I will venture to say, even the picturesque ornaments, which I had seen on the Hetruscan vases. And I was more confirmed in this opinion, when, after my return home I had taken up the collection of shells published by Nicolas Gualtieri, philosopher and Physician of the faculty of Florence, I compared with them the forms, the manner, and the ornaments of the vases: and behold! this is, said I to my self, the mine from whence the Tuscans

---

où les antiquaires, aussi bien que M. de Caylus se sont laissés entrainer a sut ôter aux Etrusques les vases où l'on admire un dessein plus parfait pour les donner aux Grecs. Je serois bien aise, que ceux qui pensent ainsi me dissent pourquoi on n'a jamais découvert en Grece aucun de ces vases, & qu'ils ont tous été trouvés en Etrurie, & dans la Campanie, ce qui fait voir, que l'art de les faire & de les peindre ainsi, a été connu qu'en Italie; mais particulierement en Etrurie. Que si par hasard on en avoit trouvé quelqu'un en Grece, il est vraisemblable qu'il y auroit été apporté de Toscane. Mais quand bien même il auroit été travaillé par quelque Artiste Grec, l'on ne pourroit pas nier non obstant cela, en accordant cequi nous venons de dire, que ces vases ne soient d'invention & de manière Toscane, imitée par l'Artiste Grec, qui pour bien faire dut maintenir leur caractere original. C'est ainsi qu'en agissent nos peintres quand ils sont quelques ouvrages à la Chinoise, bien qu'éloignés de la Chine de plusieur milliers de lieux, & plus savants que les Chinois dans l'art de la peinture. Ils conservent cependant aux figures & aux ornemens, le goût & les manières Chinoises quoique peu naturelles & sans aucune grace. Qui en agiroit autrement peindroit à la Romaine, & non pas à la Chinoise

Puis que nous sommes mis à parler des vases Etrusques, j'avouerai, que toutes les fois que je considere d'un côté la prodigieuse quantité qui nous en reste, & de l'autre cette grande variété de formes differentes, & toutes belles, je ne puis m' empêcher d'admirer le genie second, & presque créateur des artistes Toscans. Je me suis mis cent fois l'esprit à la torture en cherchant comment ils avoient pu découvrir dans la nature de quoi leur fournir une si prodigieuse variété d'idées, & de formes si differentes; quand un jour ayant été appellé, pour observer un recueil de differentes sortes de Coquillages tant de mer, que de terre fait par le de defunct Prelat Baldani, je crus à peine ouvrir au premier coup d'oeil l'origine de toutes les differentes formes, y compris les ornemens des vases, & je dis en moi-même, voilà la mine d'où les Toscans tirérent tant de differentes formes de vases; voilà le secret dont ils se servirent pour en faire une si prodigieuse quantité, & si differens les uns des autres. Qui con-

diſſi a me ſteſſo, ecco la miniera onde i Toſcani cavarono tante, e sì varie forme di vaſi: queſto è il ſegreto, che coſtoro ebbero per formarli differenti, e varii in sì copioſo e ſorprendente numero. Ognuno, che farà lo ſteſſo paragone, e vorrà riſcontrare colle raccolte del Geſnero, del Jonſton, del Rondelet, dell'Aldovrandi, del Bonanni, del Nicolai, e di altri molti che abbiamo, i vaſi Etruſchi della Vaticana, del Colleggio Romano, e di parecchi altri muſei, ſono ſicuro, che non dubiterà punto della mia oſſervazione. E nel vero quante forme di teſtacei adattabili a' vaſi! Abbiamo ne' monotomi le ſpirali, e le fiſtulate modificate in una infinità di maniere: Ne' Ditomi, e ne' Politomi abbiamo le umbilicate, le cilindriche, le canaliculate, acuminate, le incurvate con orificii talora, o labbra, che vogliamo dire, e roſtrate in sì fatta guiſa, che ſiccome un tempo agli Etruſchi, coſì poſſono inſegnare anche a noi la poſizione, l'aggiuſtatezza, l'ingarbamento de' manichi da darſi ai vaſi. E poichè a riferire anche per una decima parte le differenze delle forme, e delle modificazioni de' mentovati teſtacei non ſarei per finire, baſti l'aggiungere, che tutte ſono con profili infinitamente diverſi, e perchè fatti dalla natura qualora ſi traſportaſſero ne' vaſi, anzichè riprenſibili ſarebbero maraviglioſamente grazioſi. V'è altresì un numero ben grande d'altri teſtacei, d'onde prendere le forme de' coperchi; Tali ſono le Telline, i Trochi, le conche, gli Echinometri, quali ſtriati, quali compreſſi, quali radiati in più maniere dal labro alla ſommità, e fatte a guiſa delle travature reticolate de' Toli, e delle Cupole. I colori finalmente, che mille ſono in codeſti teſtacei ne rappreſentano anch' eſſi più, e più lavori artificioſi, e perfettamente ordinati; faſce sì teſe, sì ondeggianti, ſtrie, ſcorniciature, or rette, or triangolari, or ſerpeggianti, or reticoloſe, or a cancello, e sin quegli ſteſſi Meandri or ondeggianti, or quadrati, che ſi veggono ne' vaſi Etruſchi.

E giacchè mi ſono diſteſo a parlar de' teſtacei, mi ſia qui lecito, di proporre un mio penſiero ſull' invenzione del Capitello Jonico. Sò che i Greci, i quali di tutte quaſi le coſe ſi vantano gl' inventori, ſi attribuiſcono anche di queſto il ritrovamento, e Vitruvio ci racconta, che nel Capitello Jonico vollero imitare la teſta, e l' innanellamento de' capelli delle matrone. Io non diſputerò quì, ſe furono i Gre-

---

ſcans drew ſo many different forms of vaſes: this is the ſecret by which they formed ſo great and ſurpriſing a variety of them. Whoever ſhall make the ſame compariſon, and ſhall confront the Hetruſcan vaſes of the Vatican, of the Roman college, and of many other Muſeums with the collections of Geſner, of Johnſton, of Rondelet, Aldovrandi, Bonanni, Nicolai, and others, will not, I am ſure, doubt of the truth of my obſervation. And in fact how adaptable are many of the teſtaceous forms to vaſes! In the ditomes and polytomes we have the umbilical, the cylindrical, the fluted, the pointed, the curve with orifices or a kind of lips, and the beaked inſomuch that they may ſerve to teach us, as formerly to the Tuſcans, the manner of giving the proper poſition, turn, and grace to the handles of vaſes. And inſine ſince I ſhould never finiſh if I was to undertake the diſcription of a tenth part of the different forms and modifications of theſe teſtaceous productions, it may ſuffice to ſay that their profiles are infinitely varied, and being the work of nature, they would be wonderfully graceful and, above criticiſm, when applied to vaſes. There are likewiſe a great many other ſhells, which may ſerve as models for covers; ſuch as limpets, muſcles, ſcollops, echinometras, ſome chamfered, ſome plain, others variouſly ſtriped from the extremity to the ſummit, ſo as not to be unlike the reticular compartments formed by the beams of roofs and cupolas. And laſtly the colours of theſe ſhells, which are numberleſs, preſent to the view an immenſe variety of works perfectly well diſpoſed, as wreaths, ſome extended, others waving, flutings, borders ſometimes rectangular, ſometimes triangular, ſometimes ſerpentine, ſometimes in the form of a net, or lattice, and even thoſe very meanders ſometimes waving, ſometimes ſquare, which as are to be ſeen on the Tuſcan vaſes.

And ſince I have begun to ſpeak of ſhells, I muſt beg leave to propoſe a notion of mine concerning the invention of the Jonic capital. I know that the Greeks, who boaſt of being the inventors of almoſt every thing, attribute to themſelves the invention alſo of this, and Vitruvius relates that in the Jonic capital they endeavoured to imitate the curls of the hair of matrons. I will not now examine whe-

---

conque ſera la meme compariſon, & voudra confronter les vaſes Etruſques du Vatican, du Collège Romain, & de quantité d'autres cabinets avec les recüils de Gesner, de Jonſton, de Rondelet, d'Aldovrandi, de Bonanni, de Nicolai, & de beaucoup d'autres, que nous avons, je ſuis aſſeuré, qu'il ne mettera plus en doute la verité de mon obſervation. Et en effet, combien n'y a-t-il pas de formes de teſtacées, que l'on peut adapter aux vaſes! Nous avons dans les univalves les ſpirales, & de les fiſtuleuſes modifiées en une infinité de manieres. Dans les bivalves, les ombilicales, les cylindriques, les cannelées, pointües, & les courbées avec des orifices, ou bien des lévres faites en forme de becs, & diſpoſées de façon, que nous pouvons à l'imitation des Etruſques nous en ſervir auſſi bien qu'eux, pour donner aux anſes de nos vaſes une tournure plus gracieuſe & une diſpoſition plus avantageuſe. Enfin, comme je ne finirois jamais, ſi je voulois rapporter la dixième partie des differentes formes de toutes ces eſpéces de teſtacées, il ſuffira d'ajuter, qu'elles ont toutes des profils fort differents les uns des autres; cequi étant un ouvrage de la nature, bien-loin de paroitre difformes ſi l'on vouloit les adapter aux vaſes, ne ſerviroit au contraire, qu'à leur donner un aſpect des plus gracieux. Il y

---

a auſſi un nombre conſiderable d'autres teſtacées, d'après les quels on pourroit prendre les formes des couvercles; tels ſont les tellines, les trochus, les conques, les Echinometres dont les uns ſont ſtrlés, d'autres applatis, & quelques autres entièrement couverts de pluſieurs ſortes de raïons diſpoſés comme des ſolives qui ſe croiſent, & ſur les differentes poutres qui ſoutiennent un toit. La prodigieuſe varieté des couleurs de ces teſtacées repreſente quantité de differents ouvrages parfaitement bien diſpoſés comme des bandes les unes étendues, les autres flotantes, des ſtrieures, des bordures, tantôt droites, tantôt triangulaires, quelques fois de forme tortueuſe, ou en façon de filets, d'autres fois en treillis, & même juſqu' aux méandres, que l'on voit ſur les vaſes Etruſques, paroiſſent quelques fois repreſentant des ondes, ou formant divers petits quarrés.

Mais puiſque, je me ſuis mis à parler des teſtacées, qu'il me ſoit permis de propoſer ici, une idée qui m'eſt venue ſur l'invention du chapiteau jonien. Je ſais que les Grecs, qui ſe donnent pour les inventeurs de preſque toutes les choſes, s'en attribuent auſſi la decouverte, & Vitruve rapporte, qu'ils voulurent dans le chapiteau jonien, imiter la tête, & les boucles de cheveux des matrones. Je ne diſputerai pas ſi ce furent les Grecs, ou quel-

K

Greci o altri, che i primi ritrovaſſero queſto capitello, il quale principalmente conſiſte nelle ſue angolari volute; dirò bensì, che chiunque ne ſia ſtato l' inventore, ne peaſe a mio credere l' idea non dalle teſte e da' ricci delle matrone, ma ſibbene da certe chiocciole, e ſpecialmente da quelle deſcritteci dal Signor Gualtieri nella Tavola 65, e notate con la lettera O. La ſomiglianza di quelle chiocciole a quelle volute sì ne' ravvolgimenti a poco, a poco, e con ſomuno garbo diminuiti, sì nelle frappature, negli uovoletti, nelle interſecazioni, e in tutti quegli altri lavori, che fanno tutto il bello del capitello Jonico, la ſomiglianza diſſi di queſte chiocciole, e quelle volute è troppo eſatta, e ſenſibile per non giudicare, che queſte ſieno una copia di quelle. Coſì non ſono lontano dall'aſſerire, che la maniera di coprire i tetti con embrici e tegole uſata dagli antichi, e tuttavia da noi pratticata, ſia un imitazione de' Teſtacei. Mirinſi le cinque conchiglie ritratte dal Signor Gualtieri nella Tavola 92. e ſembreranno altrettanti diſegni di tetti rotondi da ricoprirſi con gli Embrici, e con le tegole.

Ma ritorniamo ai vaſi, che non debbono coſì preſto abbandonarſi. Chi ſi farà a conſiderare in eſſi quanto ne ha di bello oſſervato il Caylus, e il molto di più che, ha laſciato, e che potrà vederſi nella raccolta poco fà publicata in Napoli, raccolta ſuperba e magnifica fatta dal Signor Hamilton Miniſtro Britannico appreſſo il Re delle due Sicilie, con quella finezza di guſto, che è ſtata ſempre propria di queſto Signore Mecenate, e protettore delle belle arti, di cui poſſiede una perfetta intelligenza. Chi ſi farà dico a conſiderare il lavoro de' vaſi Etruſchi ſono ſicuro, che troverà in queſti ſoli una miniera di monumenti capaci di far comprendere a chi che ſia quanto nell' uno, e nell' altro genere di architettura, e grande, e piccola; quanto nella pittura, ſieno ſtati eccellenti i Toſcani. E quanto al primo nati i vaſi dalle conchiglie come ho già detto, veggonſi eſeguiti con mirabil arte di architettura, e nel loro tutto, e in ciaſcuno de' loro membri e delle lor parti. Il loro contorno forma o una gran gola qual diritta, e qual roveſcia; o uno ovolo, o un guſcio, o un toro. Gli altri membri, o ſia ſuddiviſioni ci preſentano golette, ovoletti, fuſaroli: i manichi cotanto lodati dal Caylus ſi ravviſano ſimili aſſatto a que' de' Greci, nella bellezza, nella grazia, nella perfezzione. Queſti tanti mem-

---

whether the Greeks were the firſt inventors of this capital, which chiefly conſiſts in the volutes of its angles, but I will aſſirm that, whoever was the inventor of it, he did not, in my opinion, take the idea from the heads and curls of matrons, but from a ſpecies of perwincles, and in particular, from that deſcribed by Gualtieri, plate 65, and marked with the letter O. The likeneſs between theſe perwincles and thoſe volutes as well in the twiſtings, which gracefully diminiſh by little and little, as in the hatchings, in the little ovulos, in the interſections, and in all the other ornaments, which conſtitute all the beauty of the Jonic capital; the likeneſs, I ſay, between theſe perwincles and volutes is too exact and evident not to conclude that theſe were copyed from thoſe. I am likewiſe inclined to think that the manner of covering houſes with tiles uſed by the ancients, and ſtill practiſed in our own times, is an imitation of certain ſhells. Let the five ſhells repreſented by Gualtieri in plate 92 be conſidered, and they will ſeem to be ſo many deſigns for round roofs, intended to be covered with tiles.

But to return to the vaſes which deſerve a more particular examination. Whoever ſhall conſider the great number of beauties obſerved in them by Caylus, and the ſtill greater number which he has omitted, and which may be ſeen in the collection lately Publiſhed at Naples, a noble and magnificent collection made by M. Hamilton, Britiſh Miniſter at the Court of the king of the two Sicilies, with that excellence of taſte which characteriſes this Mecenas and protector of the fine arts, of which he has a perfect, intelligence. Whoever, I ſay, ſhall conſider the work of the Tuſcan vaſes will, I am ſure, find in theſe alone an abundant mine of monuments capable of convincing any one of the excellence of the Tuſcans in both kinds of architecture, the great, and the little, as well as in painting. And with regard to the firſt, the vaſes imitated, as I have ſaid, from ſhells appear to be executed with admirable art and knowledge of architecture, as well with reſpect to the whole, as to each of the members and parts. Their contour form, either a great gula, ſomtimes right, ſomtimes reverſed, or an ovolo, or an echinus, or a torus. The other members or ſubdiviſions preſent to us little gulas, little ovolos, beads: the handles, ſo much extolled by M. Caylus, ſeem entirely ſimilar to thoſe of the Greeks, in beauty, grace, and perfection. All theſe members of architecture, ſo often repeated in ſo many thouſand va-

---

quelques autres, qui les premiers trouverent ce chapiteu, qui conſiſte principalement dans ſes volutes angulaires; je dirai cependant, que quiconque en ait été l' inventeur, il a pris ſelon moi l' idée, non de la tête, & de la friſure des matrones, mais de certaines eſpèces de coquillages, & particulièrement de celle, que M. Gualtieri nous décrit dans la planche 65, & marquée par la lettre O. La reſſemblance de cette eſpece de limaçon à ces volutes ſoit dans la façon dont elles vont en ſe repliant, & dont les anneaux diminuent peu à peu avec beaucoup de grace, ſoit dans les découpures, dans les cimaiſes, dans les interſections, & dans tous ces autres ouvrages, qui font tout le beau du chapiteau Jonien. La reſſemblance diſje de ces limaçons à ces volutes eſt trop exacte, & trop ſenſible pour ne pas juger, que celles-ci ſoyent copiées d' après celles là. Je penſe également que les differentes eſpéces de thuiles, dont les anciens ſe ſervirent pour couvrir leurs toits, & dont nous nous ſervous auſſi ſont une imitation des teſtacées. Que l' on obſerve les cinq coquilles deſſinées par M. Gualtieri dans la planche 92, & l' on croira voir autant de toits de forme ronde aux quels il ne manque plus que des thuiles pour les couvrir.

Mais retournons aux vaſes, que l' on ne doit pas abbandon-

---

ner ſi tôt. Ceux qui conſidereront, non ſeulement, tout ce que M. de Caylus y a obſervé de beau; mais auſſi un bien plus grand nombre de choſes dont il n'a point parlé, & que l' on pourra voir dans le recueil publié il y a peu de tems à Naples, recueil ſuperbe, & magnifique fait par M. Hamilton miniſtre de la grande Bretagne auprès du Roi des deux Siciles, avec cette fineſſe de goût, qui eſt ſi naturelle à ce grand Mecenas, protecteur des beaux arts, & dont il a une parfaite intelligence. Celui qui conſidère dis je, avec attention, le travail des vaſes Etruſques, je ſuis obſcuré qu' il y trouvera une mine abondante de monuments capables de faire comprendre à un chacun combien les Toſcans ont été habiles ſoit dans la peinture, ou dans la grande, & la petite architecture. Quant à ce que j' ai dit touchant leur imitation d' après les coquillages, on les trouvera exécutés avec un ordre admirable d' architecture, tant dans leur tout, que dans leurs differentes parties. Leur contour forme une grande gorge, quelque fois droite, & d' autres fois renverſée, ou une cimaiſe, ou une coquil. Ou, ou bien un tore. Les autres parties nous preſentent des petites gorges, des petites cimaiſes, des chapelets. Leurs anſes ſi loüées par M. de Caylus paroiſſent en tout ſemblables à celles des Grecs, ſoit dans beauté, ſoit dans la grace, ou dans la perfection.

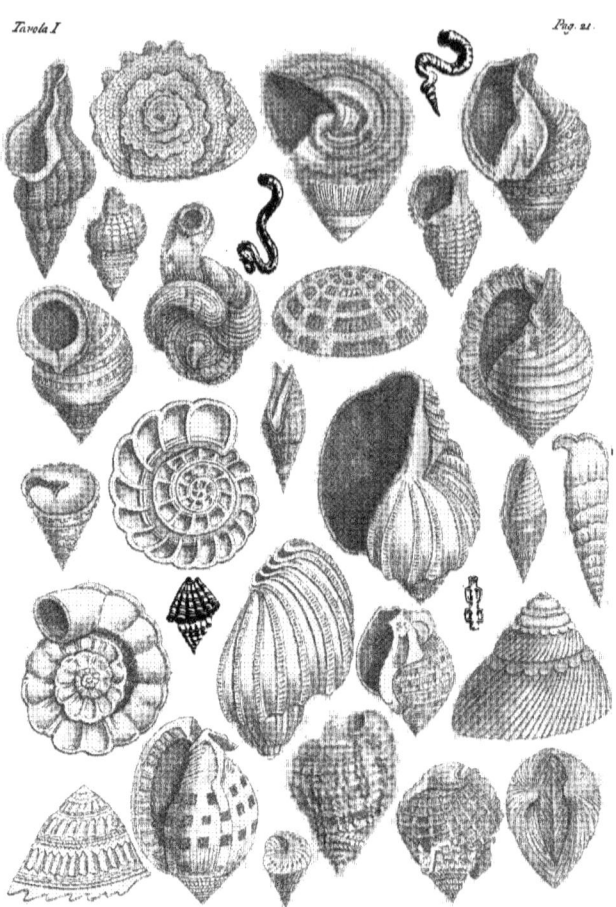

Cavaliere Piranesi incise

Cavaliere Piranesi inciso

membri d'architettura sì sovente ripetuti in tante migliaja di vasi con lo stesso gusto, e disegno, e nel corpo del vaso, e nel coperchio, e ne' manichi, questi membri dico d'architettura sono quegli stessi, che nelle loro fabbriche usarono gli Etruschi; quegli stessi, che usarono i Romani fin dalla prima origine, e sono alla Greca architettura uniformi. Io non ho dunque bisogno, che di volger l'occhio a questi vasi per conoscere come fabbricassero i Toscani le loro case, i loro Tempj, i loro sepolcri. Così appunto, chi presentemente osserva i mobili delle nostre case, trova che essi sono ne' loro membri uniformi alle maniere delle nostre fabbriche. (*Tavole apposte*).

Ma passiamo alla pittura, e da vasi argomentiamo, che ben si può, la Toscana perizia anche in questa arte. E primamente, quei che sono de' copiosi ornamenti soverchiamente nemici, osservino come le pitture sovrapposte a vasi Etruschi malgrado il loro numero, anziché ingombrarli, e togljer loro il buon gusto, e la savjezza, con cui sono fatti, un mirabil risalto danno alle linee d'architettura. Quindi nelle medesime tavole mirinsi in diverse classi divise le pitture, che ornano i vasi Etruschi: altre spettanti all'architettura, Encarpi, Meandri di più specie, Fettuccie, Fustarelli con erbette, Candelabretti, Tempjerti, Pigne, Funghi, Coccie di pigne. Altre di figure d'ogni maniera, uomini, animali, maschere, e che sò io. Or io domando, se a questi ornamenti, che sono certamente Toscani, alcuna cosa manchi per l'eleganza, per la bizzarria, per l'aggiustatezza delle mosse, e per mille altri vezzi, e grazie, che formano il merito d'una pittura? osservinsi quante nuove invenzioni, e tutte in simetria; mirinsi quelle figure con una mano involta per lo più ne' panni, e con panneggiamenti a guisa di conchiglia striati, e ridotti alla maggiore savjezza; Mirinsi torno a ripetere, e poi mi si dica cosa possasi desiderare in esse di più savjo, di più elegante? Che se nulla manca, come in fatti non manca, non ho io ragione di pretendere, che qualora de' Toscani, noi altro non avessimo, che i soli vasi, da questi soli noi potremmo ben comprendere quanto nell'architettura, e nella pittura fossero eccellenti i Toscani: poiché siccome da una medesima fonte cioè dal buon gusto nasce, e deriva tanto il far bene in piccolo, quanto in grande, qualora noi veggiamo gli Etrusci, nelle piccole cose eccellenti, noi possiamo, e dobbiamo concludere, che

---

vases with the same taste and design, on the body of the vase, on the cover, and on the handles; these members, I say, of architecture are the very same that the Tuscans made use of in their buildings, the very same that the Romans made use of from their first origine; and are conformable to the Grecian architecture. I only therefore need to cast my eyes on these vases to know in what manner the Hetrurians built their houses, their temples, and their sepulcres. By the same manner if at present we observe the furniture of our houses, we shall find its members to be conformable to our manner of building. (*See the opposite plates*.)

But let us pass over to painting, and the vases alone will be sufficient to convince us of the skilfulness of the Tuscans in this art. And first, let those who are declared enimies of a multiplicity of ornaments observe how the paintings which are on the Tuscan vases, notwithstanding their number, instead of causing confusion, and taking away from their good taste and elegance, wonderfully set off the lines of architecture. This may be seen in the same plates, in which the paintings which adorned the Tuscan vases are divided into different classes; some regarding architecture, as festoons, various kinds of Meanders, fillets, stalks and herbs, little candlesticks, little temples, pine apples, mushrooms, husks of pines: others of figures of various kinds, as men, animals, masks, &c. Now I would ask whether these ornaments, which are certainly Tuscan, are wanting either in elegance, grace, disposition, or in any other beauty which makes up the merit of a picture? Observe what a number of new inventions all of which are in Symetry; consider these figures with one hand usually wraped up in the garments, and with draperies striated in the manner of shells, and disposed with the greatest wisdom; consider, I repeat it again, what is wanting in them with regard either to skill or elegance? But if nothing is wanting, as in fact there is not, have I not reason to say, that tho' we had nothing of the Tuscans but their vases, these alone would suffice to make us comprehend how excellent they were both in painting and architecture: since the merit of doing well in little as well as in great is derived from the same fountain of good taste, if we see that the Hetrurians excelled in small things, we may, nay ought to conclude that they were also excel-

---

ction. Tous ces differents membres d'architecture si souvent repetés en tant de milliers de vases toujours dans le même goût, & le même dessein, soit dans le corps du vase, soit dans son couvercle, ou dans ses anses, ces membres dije d'architecture sont les mêmes, dont les Etrusques se servirent dans leurs édifices, & qui sont conformes à l'architecture Gréque. Ainsi il suffit de jetter un coup d'œil sur ces vases pour connoitre comment les Toscans bâtissoient leurs maisons, leurs temples, & leurs sepulchres, de même, qui observera les meubles de nos appartemens trouvera que leurs differentes parties ont beaucoup de raport à notre maniere de bâtir d'aujourd'hui. (*Voyez les planches apposées*).

Mais passons à la peinture, & les vases seuls suffiront pour nous faire connoitre l'habileté des Toscans en ce genre. Que ceux qui sont ennemis de la multiplicité des ornemens considerent comment les peintures, qui sont sur les vases Etrusques font ressortir, & donnent l'éclat aux lignes d'architecture, au lieu de les offusquer par leur nombre, & de leur rien faire perdre de leur grace dans la justesse de leur distribution. C'est ce que l'on peut voir dans les planches ci jointes, où les peintures qui ornent les vases Etrusques, & celles qui concernent l'architecture sont partagées en differentes classes, des festons, des rosandres de differentes espèces, des Bandelettes, de petites herbes avec leurs tiges, de petits Chandelliers, de petits Temples, des Pommes de pins, des Campignons, des gousses, ou Coques de pignons, d'autres de toutes sortes de figures d'hommes, d'animaux, de masques, & de bien d'autres choses. Or je demande s'il manque rien à ces ornemens, qui sont certainement Toscans, soit pour l'élegance, soit pour la grace, soit pour la disposition, ou pour tous les agrémens dans les quels consiste tout le mérite d'un tableau. Que l'on observe combien de nouvelles inventions toutes avec symmetrie. Que l'on considère ces figures avec une main ordinairement enveloppée d'étoffe, & avec une draperie en guise de coquilles canellées, le tout admirablement disposé. Qu'on les observe, je le repete, & puis que l'on me dise ce que l'on pourroit y desirer de plus éxact, & de plus elegant? Que s'il n'y manque rien, comme en effet il n'y a rien à redire, n'ai je pas raison de prétendre, que quand nous n'aurions des Toscans, autre chose que les vases, cela seul suffiroit pour nous faire connoitre combien ils ont excellé dans la peinture, & dans l'architecture. Puis que tout ce que l'on peut faire de bien, tant en grand qu'en petit, dérive de la même source, c'est à dire du bon goût, de même

L

quand

che eccellenti furono ancor nelle grandi; e che se i vasi sono
sì bene architettati, sì elegantemente lavorati, e formati
con sì perfetto disegno, nella stessa maniera doveano esserlo,
e le loro Case, e i loro Tempj, e i loro Portici, e i loro
Fori, e le altre loro fabriche magnifiche, e grandiose.

Sebbene non i soli vasi son quelli, che ci attestano l'abilità degli Etrusci, Quante statue trovansi tutto dì, e grandi,
e piccole, le quali sebbene di semplice creta pur non per-
tanto sono travagliate con ottimo gusto, e disegno: l'osser-
vò il Maffei da me citato di sopra, e ne ho io stesso vedute
un gran numero trovate altre in Ardea, altre nell'antico
Veio, o sia nell'Isola Farnese, altre in altre parti della Toscana. Frà queste non ha certamente l'ultimo luogo quella,
che possiede il sudetto Signor Hamilton Ministro Britannico
alla Corte di Napoli. Che se nelle statue Toscane si volesse
anche il prezioso, per non parlare di quelle di bronzo, le statue d'Alabastro Volterrane alla bellezza del disegno, e del
lavoro uniscono la preziosità ancora della materia, Ai vasi,
e alle statue voglionsi unire i Camei, e le medaglie Etrusche,
delle quali parecchie ne ho io vedute in Roma presso il Signor Morison dotto, e valente Antiquario Scozzese, le
quali se non avessero la divisa Etrusca ne' loro caratteri, si
prenderebbono da chi chesia per lavoro Greco della più
perfetta maniera. A Camei, e alle medaglie aggiungansi
le pitture, che trovansi nelle antiche grotte di Toscana, in
cui veggonsi a dispetto del tempo distruggitor delle cose,
candellabretti, caninuccie, vasetti, encarpi, meandri, figurine intrecciate, frondi, paglie, farfalle, conchiglie, frutti,
ed altre sì fatte cose di un ottima maniera, simili a quelle,
che si sono scoperte in Ercolano, e delle quali parecchie
sono state già da me incise nella mia risposta a M. Mariette.
Più d'ogni altro però sono da aversi in pregio le grotte
Cornetane, grotte cognite oramai da una parte di Antiquarj,
e Professori delle belle arti, e frà quelli all'eruditissimo Signor Jacopo Byres architetto, e antiquario Scozzese, che
stà per pubblicarne i disegni in una raccolta, in cui mostrerà
la sua non volgare perizia nell'uno, e nell'altro genere. In
queste grotte osservansi tuttavia delle pitture altre monocromatiche, come quelle de' vasi, e bianche come erano quelle
di Zeusi al riferir di Plinio, altre, conneche in parte rovi-
nate, col suo rilievo di chiari, e scuri di diverse tinte naturali,
corri-

cellent in the great, and that if their vases are so well con-
structed, so elegantly wrought, and so perfectly designed,
their Houses, their Temples, their Porticos, their Forums
ought likewise in the same manner to have been both
magnificent and noble.

But it is not the vases alone which proves to us the skill
of the Tuscan artists. How many statues are daily found both
great and small, which tho only of clay, are executed with
excellent taste and design: the Marquis Maffei, whom I have
allready cited, has taken notice of it, and I my self have seen
great numbers found in Ardea, in the ancient Veij now called Isola Farnese, and in other parts of Tuscany. Among
these, that in the possession of M. Hamilton British Minister
at the Court of Naples does not deserve the last place. But if
the richness of the matter were to be sought in the Tuscan statues, not to speak of those of bronze, the alabaster statues of
Volterra unite the elegance of the design and workmanship
with the richness of the materials. We may add to the vases
and statues the Etruscan cameos and medals, of which I have
seen several in Rome in the possession of M. Morison a learned
and skillful antiquarian from Scotland, which would be taken
by any one whosoever for Grecian workmanship of the most
perfect manner, if their inscriptions were not wrote in Tuscan
characters. To the Cameos and medals may be added the
paintings which still exist in the ancient grottos of Tuscany,
in which are to be seen in spight of time, the destroyer of
things, little candlesticks, reeds, vases, festoons, meanders,
little figures grooped together, leaves, straws, butterflies,
shells, fruit, and other such like things executed in a good
stile, and resembling those which have been found in Herculanum, of which I have engraved several in my answer to M. Mariette. But more than all the rest the grottos of Corneto deserve
to be esteemed, they are allready known to the greatest part of
antiquarians, and professors of the fine arts, and among them
to the very learned M. James Byres, architect, and antiquarian
from Scotland, who is about publishing the designs of them in
a work, in which will appear his extraordinary knowledge in
both these arts. In these grottos are still to be seen paintings,
monocromatic like those of the vases, and white like those of
Zeuxis according to Pliny; others, tho in part defaced, with
their proper relief of light and shade in various natural colours
corre-

quand nous voyons les Etrusques exceller dans les petites choses,
nous pouvons, & nous devons même conclure, qu'il ont ausi excellé dans les grandes, & que si leurs vases sont si bien propor-
tionnés, & travaillés avec tant d'élegance, & d'un si beau dessein,
leurs maisons, leurs temples, leurs portiques, leurs places, &
tous leurs autres grands édifices devoient être faits dans le même
goût, & ne leur céder en rien.

Ce n'est pas non plus par les vases seuls, que l'on doit juger
de l'habilité des Etrusques. Combien ne trouve-t-on pas tous les
jours de statués tant grandes, que petites, qui quoi que de terre
simple, n'en sont pas pour cela travaillées avec moins d'élegance, & de goût : le Marquis Maffei, dont j'ai parlé plus haut l'a
fort bien observé, & moi meme j'en ai vués un grand nombre,
dont les unes ont été trouvées à Ardée, d'autres dans l'ancien
Véies, qu'on croit presentement être l'Ile Farnese, ou bien en
d'autres parties de la Toscane. Celle que possède M. Hamilton
Ministre d'Angleterre à la Cour de Naples, n'est pas certainement des moins belles. Que si l'on recherchoit dans les statués
Toscanes la richesse de la matière, indépendamment de celles de
bronze, il y a encore les statues d'albâtre de Volterre, qui joignent
au prix de la matière la beauté du travail, & la correction du des-

sein. L'on peut unir aux vases, & aux statuës les Camées, & les
medailles Etrusques, dont j'ai vu plusieurs à Rome entre les mains
de M. Morison savant, & habile antiquaire Ecossois, que tout le
monde prendroit pour ce que les Grecs ont fait de plus beau en
ce genre, si leurs devises n'étoient pas en caractères Etrusques.
Il faut joindre aux Camées, & aux médailles les peintures, que l'on
trouve dans les anciennes grotes de la Toscane, où l'on voit malgré le tems, qui détruit toutes choses, de petits chandeliers, des
roseaux, des vases, des festons, des meandres, & des petites figures entrelacées, des feuillages, des pailles, des papillons, differens coquillages, des fruits, & d'autres choses à peu près semblables, du meilleur goût, & pareilles à celles, que l'on a découvertes à
Herculanum, & dont j'ai déja gravé plusieurs dans ma réponse à
M. Mariette. Ce que l'on doit cependant estimer particulierement
ce sont les grotes de Corneto, grotes, qui sont presentement con-
nues d'une partie des antiquaires, & de ceux qui professent les beaux
arts; mais particulierement du savant M. Jaques Byres architecte,
antiquaire Ecossois, qui va en publier des desseins, par les quels
il fera connoitre son habileté dans l'un, & l'autre genre. L'on observe encore dans ces grotes des peintures dont les unes en camayon
comme celles des vases, & blanches comme étoient celles de Zeu-

xis

corrifpondenti al foggetto. Or quefte pitture fono d'un difegno tanto perfetto, quanto quello de' vafi malamente attribuiti alla fcuola Greca.

Merita quì d'effer defcritta una di effe che ci rapprefenta un edificio quadrangolare con palco foftenuto da quattro pilaftri, quefti pilaftri fono coronati con capitelli Tofcani, o Dorici, che vogliam dirli. Sull'uovolo è dipinto un feftone a foglie di lauro; sù l'anello un baffortilievo rapprefentante più, e più figure umane pofte in diverfe attitudini per le quali fembrano far forza l'une contro l'altre: ful fregio vedefi un intreccio di viticci fronzuti; in cima alle quattro pareti regna una cornice continua, anche effa dipinta. Ella è divifa in fei gradi il più alto de'quali finge un Liftello, il fecondo un Echino ornato di foglie, il terzo un cordoncino a uovoletti alternamente bislunghi, e rotondi, il quarto un altro Echino fraftagliato alternativamente a uovoli in gufcio, e a frecce, il quinto un tenore eguale, e lunghiffimo di dentelli: il fefto finalmente una lunga proceffione di figure umane. Il Palco è ftato intagliato collo fcalpello a foggia di laqueare, cioè di travature, che forena tanti lacunari o caffettoni fimiliffimi a quei della cupola del Pantheon. La modonatura della cornice di quefti Lacunari confifte in due rifalti divifi da un uovolo. Anche effa è ftata dipinta e con quell' ordine: un tenore di uovoli, che fanno a fcambio con le frecce adorna il primo rifalto, un tenore di Meandri rettangolari, e rintrecciati adorna, e circonda l'altro rifalto.

Tutte le pitture defcritte, quanto agli ornamenti architettonici non fono fatte per vero dire con grandiffima diligenza, ma con fomma franchezza, la quale ci afficura, che allor quando fu fcavata la grotta al fatte cofe preffo gli Etrufci erano d'un communiffimo ufo. Quanto poi alle figure umane fono effe del più fquifito difegno, e pofte in tutte le loro attitudini con fomma intelligenza, e avvenutezza. Coficchè in quefte grotte, e in altre fparfe in grandiffimo numero per tutta la Tofcana, fi vede in un medefimo tempo e la perfezione dell' arte preffo gli Etrufci, e quella negligente franchezza, che non fi acquifta fe non dopo un lunghiffimo ufo.

Ma ufciamo oramai da quefte grotte, e a comprovare la Tofcana perizia in genere di arti, a quel poco che di loro opere ci è rimafto, e che veder poffiamo per noi medefi-

correfponding to the fubject. Now thefe paintings are as well defigned as thofe of the vafes, wrongfully attributed to the Grecian School.

One of thefe grottos deferves here to be defcribed, which reprefents a quadrangular building, with a roof fuftained by four pilafters, thefe pilafters are crowned with Tufcan capitals, or Doric, if we are fo pleafed to call them. On the ovolo is painted a feftoon of laurel leaves, on the ring a baffrelievo which reprefents a multitude of human figures in various attitudes, which feem to ufe violence againft one another : on the freeze are feen interwoven together fhoots of vines with their leaves, round the top of the four walls reigns a continued cornice, likewife painted. It is divided into fix parts, the higheft of which reprefents a liftel, the fecond an Echinus ornamented with leaves, the third a ftring of little eggs alternately oval, and round; the fourth another Echinus of eggs and anchors; the fifth a long and equal row of dentils; and laftly the fixth a long proceffion of human figures. The roof is cut with the chifel in imitation of a cieling; that is, with beams which form pannels very like thofe in the cupola of the Pantheon. The mouldings of the cornices of thefe pannels confift of two rifings divided by an ovolo, and were painted in the following order : a row of eggs, and anchors adorned alternatively the firft rifing : a row of meanders rectangular, and interlaced adorned and furrounded the other projection.

All the paintings above-mentioned, with regard to their architectonical ornaments, are not, to fay the truth, executed with the greateft diligence, but they are done with the greateft freedom, which proves that at the time that this grotto was cut out, thefe forts of ornaments were very common among the Tufcans. But in regard to the human figures, they are moft exquifitly defigned, and are fet in all their attitudes with the greateft knowledge, and propriety. In fo much that in thefe grottos and a number of others, which are to be found all over Tufcany, is to be feen at the fame time the perfection of art among the Tufcans, and that negligent franknefs, which is not to be acquired but by a long practice.

But it is time to come out of thefe grottos, and to fhew the fkill of the Tufcans in the arts, let us add to the little, which remains of their works, and which we ourfelves may fee,

xis au raport de Pline; d'autres, quoi qu'en partie ruinées, ont encore un relief de clair obfcur de diverfes tintes naturelles, analogues au fujet. Or ces peintures font d'un deffein auffi parfait, que celles des vafes, que l'on attribue mal à propos à l'école Gréque.

Il eft à propos de décrire ici une de ces grotes, qui reprefente un édifice à quatre angles foutenus par quatre pilliers, ces pilliers font couronnés par des chapitaux Tofcans, ou Doriques. On a peint fur la cimaife des feüilles de laurier, qui pendent en feftons; fur l'anneau un bas-relief reprefentant quantité de figures humaines, qui paroiffent dans les differentes attitudes où elles font, faire des efforts les unes contre les autres: fur la frife on voit differents ceps de vigne entrelaffés les uns dans les autres; le haut des quatre murs eft auffi environné d'une corniche en peinture; elle eft partagée en fix dégrés, dont le plus haut reprefente un liftel, le fecond un Echine orné de feüilles, le troifiéme un cordon à petites cimaifes tantôt longs, tantôt ronds, le quatriéme un autre Echine entrecoupé d'oeufs paroiffant fortir de la coque, & de fléches, le cinquiéme un ordre égal, & fort long de denticules, en fin le fixiéme reprefente une longue fuite de figures humaines. L'échafaud a été travaillé avec le cifeau en guife de plafond, c'eft à dire garni de differentes folives, qui forment avec les pou-

tres qui les foutiennent des enfoncemens de forme quarrée femblables à ceux que l'on voit à la voute du Pantheon. La bordure de ces enfoncemens confifte en une mouluse, dont les deux faillies font feparées par une cymaifcotte bordure a auffi été peinte de la maniere fuivante: un ordre d'oeufs entrecoupé de fleches orne la premiere faillie: la feconde eft decorée, & environnée d'un ordre de méandres rectangulaires, & entrelacés les uns dans les autres.

Toutes les peintures dont je viens de parler ne font pas fort correctes dans la partie qui regarde les ornemens d'architecture: mais elles font faites avec beaucoup de hardieffe, ce qui donne lieu de croire, que lors qu'on creufa la grote elles étoient déja fort en ufage chez les Etrufques. Pour ce qui eft de figures humaines, elle font parfaitement bien deffinées, & paroiffent dans les attitudes les plus gracieufes, & les plus convenables. De forte que, tant dans ces grotes, que dans quantité d'autres qui font repandues dans toute la Tofcane, l'on trouve en meme tems, & la perfection de l'art chez les Etrufques, & cette grande facilité, qui ne peut s'acquérir, que par un long ufage.

Mais il eft tems de fortir de ces grotes, & pour prouver l'habileté des Tofcans dans ce qui concerne les arts, joignons au peu qui nous eft refté de leurs ouvrages, & que nous pouvons voir par

M   nous

delimi aggiungafi ciocchè in queflo genere ci atteſtano gli antichi ſcrittori, e noi avremo quanto .baſtar .dee a un docile intelletto, e non prevenuto per giudicare più vantaggioſamente del ſupere Etruſco.

E primieramente potrei qui riferire, che Ferecrate antico poeta preſſo Ateneo, per commendare il lavoro d'una lucerna diſſe, che ella era *Toſcana* ; e che Orazio .computò trà le coſe prezioſe, e con le gemme le figurine *Toſcane*, opere di cui formò il pregio, non la magnificenza, ma il buon garbo, e la maeſtria del lavoro; e che Dionigi ci atteſta, che gli Etruſci portavano anche in guerra utenſili, e ameſi coſpicui per ricchezza, e per arte alle delizie ordinati, e al piacere (lib.IX.) e che Crizia commendò le tazze d'oro, e i vaſi di bronzo de' Toſcani, colà ove preſſo Ateneo enumera ciò .che di più raro, e pregevole veniva da ciaſcun paeſe. Ma laſciando da parte sì fatte coſe mi ſi fa innanzi l'Apollo Toſcano quel famoſo coloſſo, che dal pollice alla teſta ſi alzava per ben cinquanta piedi: odaſi ciò che di lui ci dice Plinio: *Non ſi sà giudicare ſe queſt'opera ſia più mirabile per lo bronzo, o per la .bellezza*. Per verità convien eſſere prevenuto all' eccellſo, per non ſentire la forza di queſt'elogio. Riflettaſi, che Plinio ſcriveva tai coſe con inanzi agli occhi quanto di più bello era ſiſcito da Greci arteſici condotto di Grecia, e d'Aſia a Roma. Or che idea dovremo formarci d'una ſtatua, che dirimpetto a tante Greche, e sì perfette, ſi fà ammirare per la ſua bellezza. In ſecondo luogo pongo quegli intagli, di cui parla lo ſteſſo Plinio (lib.35.c.12.) e de' quali ci dice: *Durano per anco in Roma, e ne' municipj moltiſſimi tempj co' loro faſtigj d'un intaglio, e d'un artiſicio -maraviglioſo : più pregievoli poi, e certamente più innocenti dell'oro, per la durata da sì gran tempo*: cioè dal tempo de' Rè, de' quali avea parlato poc'anzi. Se i lavori poſti ſulle cime de' Tempj tanto lontano dalla viſta de' paſſaggieri erano travagliati con tanta maeſtria, ed attenzione, che dovrà dirſi di quelle coſe, che .reſtar doveano ſotto l'occhio? In terzo luogo vuole annoverarſi il Tempio dell' onore, e della virtù fabricato in Roma da C. Muzio, che per atteſtato di Vitruvio, ſe foſſe ſtato di marmo, -unito avrebbe alla finezza dell'arte la ricchezza della materia, e ſarebbeſi contato frà le primarie, e più eccellenti opere. In quarto luogo ponganſi le pitture, che furono in Cere Città Toſcana,
di

ſee, what the ancient writers have related on this ſubjeĉt; and we ſhall have enough to make every candid and unprejudiced perſon judge more advantageouſly of the knowledge of the Tuſcans.

And in the firſt place I could cite the teſtimony of Atheneus who relates that Ferecrates, an ancient poet, to commend the workmanſhip of a lamp, ſaid it was *Tuſcan*; and that Horace counted among precious things and gems the little *Tuſcan* figures, the merit of which did not proceed from the richneſs of their materials, but from the ſineneſs of their taſte and exquiſiteneſs of the workmanſhip; and that Denys witneſſes that the Tuſcans carried even to war utenſils, and furniture remarkable for their riches, and deſtined to luxury, and pleaſure (Book IX.); and that Criſias praiſes the cups of gold, and vaſes of bronze of the Tuſcans, where he enumerates, as may be ſeen in Athenæus, what are the things the moſt rare and valueable, which came from every Country. But ſetting theſe things aſide, the Tuſcan Apollo preſents it ſelf to my view, that famous coloſſus which was fifty feet high from the toe to the head:hear what Pliny ſays of it: *It is hard to ſay whether this work is more to be admired for the bronze or for beauty*. One muſt indeed be exceſſively prejudiced not to be moved at the ſtrength of this elogium. Let it be conſidered that Pliny wrote this when he had before his eyes the moſt perfect productions of the Grecian artiſts, brought from Greece and Aſia to Rome. Now how great an idea ought we not to have of a ſtatue, which in contraſt with ſo many Grecian and perfect ones, was however admired for its beauty. In the ſecond place I put thoſe carved works of which the ſame Pliny ſpeaks (B.35.ch.12.) and ſays: *Many temples ſtill remain both in Rome and the municipal towns the pediments of which are adorned with carving of admirable workmanſhip: more eſteemable, and certainly more innocent than gold, for the length of their duration*: that is, from the time of the Kings, of whom he had juſt before been ſpeaking. If works placed upon the tops of temples and far from the ſight, were executed with ſo much care and attention, what ſhall we ſay of thoſe which were made to be ſeen near? In the third place deſerves to be mentioned the temple of honour and virtue, built in Rome by C. Mutius, which, according to the opinion of Vitruvius, had it been of marble, would have united the perfection of art and the richneſs of the materials; and would have been reckoned among the firſt and moſt excellent works. In the fourth place may be put
the

---

nous mêmes, ce que les anciens écrivains nous en diſent, & il n'en faudra pas davantage, à qui voudra ſe dépouiller de toute prévention, pour juger plus avantageuſement du mérite des Etruſques.

Je pourrois commencer par rapporter, ce que nous trouvons dans Athenée au ſujet de Ferécrate ancien poëte, qui voulant exalter le travail d'une lampe ſe contenta de dire qu'elle étoit *Toſcane*, & qu'Horace mit au même rang, que les pierreries, & les choſes précieuſes les petites figures *Toſcanes*, ouvrage, qui tiroit ſon prix non de ſa magnificence, mais de la fineſſe de ſon goût, & de la beauté de ſon travail; & encore, que Denis nous atteſte, que les Etruſques portoient même en guerre, des uſtenſiles, & des harnois deſtinés aux commodités, & aux plaiſirs, & qui étoient remarquables par leur richeſſe, & par leur travail (Liv-IX); outre que Critias parle avec eloge de taſes d'or, & des vaſes de bronze des Toſcans, dans l'article, où un raport d'Athenée, il fait l'énumeration de tout ce qu'il eut de plus rare, & de plus eſtimable de differens pays. Mais laiſſons à part ces ſortes de choſes, pour conſidérer l'Apollon Toſcan, ce fameux coloſſe, qui avoit environ cinquante pieds du pouce à la tête: voici comme en parle Pline: *Il n'eſt pas facil à décider, ſi cet ouvrage eſt plus conſidérable par la quantité du bronze, qui y eſt employé, ou par la beauté de ſon travail*.

Il faut en verité être bien rempli de prévention, pour ne pas ſentir toute la force d'un pareil éloge. Que l'on faſſe attention, que Pline parloit ainſi dans un tems, où il voyoit dans Rome tout ce que la Gréce, & l'Aſie avoient jamais produit de plus beau. Or quelle idée ne devons nous pas avoir d'une ſtatué, qui vis à vis de pluſieurs autres ſtatues Gréques, & du meilleur goût, ſe ſait néanmoins admirer par ſa beauté. Je mets au ſecond rang ces ouvrages en ciſelure, dont parle le même auteur, liv.35.chap.12.& dont il dit: *L'on conſidère encore avec admiration tant à Rome que dans les villes municipales les frontiſpices de pluſieurs temples, dont les ornemens ſont travaillés dans le derelier goût, ce qui juſtrue ils ne manquoit les rend d'un prix ineſtimable*: car ils étoient encore du tems des Rois, comme il a été dit plus haut. Si les ouvrages faits pour être mis ſur la faîte des temples, & ſi éloigné de la vüé des paſſans étoient travaillés avec tant de ſoin, comment ne devoient point l'être ceux qui étoient faits pour être vûs de près? Il faut mettre au troiſiéme rang le temple de l'honneur, & de la vertu, que C. Mutius fit élever dans Rome, & qui quel il ne manquoit, ſelon Vitruve, pour être conſidéré comme un des plus beaux, & des plus admirables, que d'être bâti de marbre, afin de joindre la richeſſe de la matière, à l'excellence du travail. Nous plaçerons au quatriéme rang les
pein-

di cui dice Plinio: *Durano ancora in Cere altre Tavole più antiche*. E ciascuno confefferà, che vorrà diligentemente confiderarle, che neffuna arte in manco tempo è venuta a perfezione, trovandofi, che ella non era in ufo a tempi della guerra Trojana. Potrei far ufo ancora di quelle di Ardea, e di Lanuvio rammentate da Plinio, giacchè non mi farebbe difficile il far vedere, che dovettero effer opera di Tofcani artefici: ma non ho io bifogno di quefto vantaggio, e quel poco, che ho accennato bafta per far vedere quanto a torto fi deprimono i Tofcani in genere d'arti, e di difegno.

Ma veggo io bene, che a quanto ho fin qui detto, mi fi opporrà da taluni: che fe nell' Etruria trovanfi ora, e fi trovarono un tempo opere di ottimo gufto, e di perfetto difegno, furono quefte lavoro de' Greci profefforl paffati ad efercitare in Etruria la loro arte, come fappiamo di certo, che di Grecia paffarono per lo ftelfo fine a Roma. Così penfano, e così difcorrono i difpregiatori de' Tofcani, che col capo pieno de' meriti degli artefici Greci non fanno, o non vogliano perfuaderfi, che altro che in Grecia fianfi perfezionate le arti, ne da altre mani, che Greche, fianfi efercitate con maeftria, e con grazia. Or io fenza voler punto fminuire il merito de' Greci foftengo, che l' opere Tofcane di cui ho ragionato fin qui, e che tanto veggonfi celebrate da Plinio, nè furono, nè poterono effere operé de' Greci.

Non è chi non fappia, che i bei fecoli delle greche arti, quei cioè ove la fcoltura, e la pittura furono portate a quella perfezione, che tanto fi ammira, e con ragione, fi loda, non cominciarono prima dell' Olimpiade 83.ª per la fcoltura, e ancora più tardi per la pittura; che è quanto dire non prima dell' anno 306. della fondazione di Roma; lo abbiamo da Plinio, e non cel negano gli ftelfi lodatori de' Greci. Or quefta epoca è d'affai pofteriore alle opere Tofcane, ed Italiche tanto dal medefimo Plinio encomiate. Quindi due giufte illazioni io ne deduco, l' una che quando anche i Tofcani foffero una Colonia venuta di Grecia a popolare l' Italia, ciò che non è ancor baftantemente provato, la Tofcana perizia, e maeftria di nulla obbligata farebbe a' Greci: l' altra che in Tofcana, e in Italia prima che in Grecia furono le arti a perfezione condotte, e fe i Greci vennero a lavorare in Italia, e in Tofcana, effi vi apprè-

the paintings, which were in Cære, a city of Tufcany, of which Pliny fays: *Other pictures, ftill more ancient, yet exift in Cære. And every one who fhall diligently confider them, muft own that no art ever came to perfection in a fhorter time, fince it was not in ufe at the time of the Trojan war.* I might likewife make ufe of thofe of Ardea and Lanuvium mentioned by Pliny; fince it would not be difficult to prove that they were painted by Tufcan artifts: But I ftand in no need of fuch an advantage, the little which I have hinted is fufficient to fhew how unjuftly the Tufcans are defpifed with regard to the arts and defign.

But I very well forefee that fome will object againft me, that, if works of a good tafte and perfect defign were once found, and are ftill difcovered in Hetruria, that thefe were the labours of Greeks who came and exercifed their art in Tufcany, in the fame manner as we know that they came for the fame end from Greece to Rome. It is in this manner that the enemies of the Tufcans think and difcourfe; full of the merit of the Grecian artifts; they do not know, or will not be perfuaded that the arts were ever perfectioned any where but in Greece, or that they were ever exercifed with any degree of grace or perfection but by the Greeks. Now, without taking away the leaft from the merit of the Greeks, I maintain that the Tufcan works, of which I have hitherto difcourfed, and which are fo much extolled by Pliny, neither were, nor could poffibly be the works of Greeks.

It is known to every one that the happy ages of the Grecian arts, thofe in which Sculpture and painting were carried to that perfection which is fo juftly praifed and admired, did not begin before the 83. Olympiad for fculpture, and later for painting; that is not before the year 306 after the foundation of Rome, this is evident from Pliny, and even the admirers of the Greeks do not deny it. Now this date is much later than thofe Tufcan and Italic works, fo much extolled by the fame Pliny. Hence I draw two confequences; one that the Tufcans had been a colony of Grecians who came to people Italy, which is not fufficiently proved, yet the skill and knowledge of the Tufcans in the arts would be nothing indebted to the Grecians. The other, that the arts were brought to perfection in Tufcany and Italy fooner than in Greece, and if the Greeks came to work in Italy and in Hetruria, they rather learned the re than brought with them the good tafte. But it will not be fo

---

peintures, que l'on voyoit dans Cærè ville de Tofcane, dont Pline dit: *Il exifte encore dans Cærè d'autres tableaux plus anciens, & quiconque voudra les confiderer avec ateution fera obligé d'avoüer, qu'aucun autre art n'eft arrivé plus vite à la perfection, car il n'étoit point encore en ufage du tems de la guerre de Troye.* Je pourrois auffi parler de celles d'Ardée, & de Lanuvium citées par le meme auteur; car il ne me feroit pas difficil de faire voir, qu'elles furent faites par les Tofcans: mais cela n'eft pas néceffaire, puis que le peu que j'ai dit à ce fujet fuffit pour faire connoître combien l' on a tort de méprifer les ouvrages Tofcans.

Mais je comprends bien, que l'on m'objectera, que fi l' on a trouvé, & fi l'on trouve encore aujourd'hui dans la Tofcane, d'anciens ouvrages d'une grande perfection, on doit les attribuer aux artiftes Grecs, qui y paflerent, comme nous favons certainement qu' il en vint de Grèce pour travailler à Rome. C'eft ainfi que raifonnent ceux qui méprifent les ouvrages Tofcans, & qui ayant l' imagination remplie du merite des Grecs, ne favent pas, ou ne peuvent fe perfuader, qu'il ait pu fe trouver ailleurs, que dans la Grèce des gens capables de porter les beaux arts à un certain degré de perfection. Mais fans vouloir en aucune façon diminuer le mérite des Grecs je foutiens, que

les ouvrages Tofcans, que je viens de citer, & dont Pline a parlé avec tant d'éloge, ne furent, & ne purent être faits par les Grecs.

Tout le monde fait, que les beaux arts ne commencerent à fleurir dans la Grece, mais particulierement la fculpture, & la peinture n'y furent portés à ce point de perfection, que l'on admire avec tant de raifon, que vers la 83.ª Olympiade pour la fculpture, & plus tard pour la peinture; c'eft à dire aumoins 306. ans aprés la fondation de Rome, comme nous le trouvons dans Pline, & comme l'avoüent auffi les admirateurs de la Grece. Or cette époque eft fort pofterieure aux ouvrages Tofcans, & Italiens, que Pline lui même a fi fort loués. Cela pofé, je conclus premierement, que quand il feroit vrai que les Tofcans feroient une colonie venue de Grece pour peupler l' Italie, ce qui n'eft pas encore fuffifemment prouvé, les Tofcans n'en feroient pas pour cela, du côté des beaux arts plus redevables aux Grecs: en fecond lieu, c'eft que les beaux arts furent perfectionnés en Tofcane, & en Italie avant de l' être dans la Grèce; & fi les Grecs vinrent travailler en Italie, & en Tofcane ils y apprirent le bon goût, & ne l'y porterent pas. Mais que les Grecs vinfent travailler en Tofcane dans les tems

prefero, e non vi portarono il buon gutto. Ma che i Greci veniffero a lavorare in Toscana ne' tempi di cui parliamo, non farà così agevol cosa il provarlo; e farà sempre un pregiudizio a favor de' Toscani l'opinione che d'essi corsea a tempi di Cassiodoro, cioè che le statue in Italia foffero Toscana invenzione; il che a mio credere vuol intenderfi, che i Toscani i primi foffero, che in Italia l'uso portarono delle statue. Le statue Etrusche fin d'antichissimo tempo erano sparse per tutta Italia al riferire di Plinio, e nome, e vanto di bravi statuarj aveano i Toscani; onde è, che Tarquinio a formare il suo Giove Capitolino non di Grecia, ma sibbene di Fregella Città Etrusca ne chiamò il professore. E' oramai notizia volgare, e comune, che nella sola Bolsena, altra Città Etrusca, contavansi due mila, e più statue. Questa conosciuta abilità de' Toscani fè dire con ragione a Tertulliano, che l'ingegno de' Toscani, non meno che quello de' Greci aveva inondata Roma di statue. Ho poc' anzi accennato, che Tarquinio per formare il Giove Capitolino adoperò i Toscani artefici, ciò mi richiama alla memoria, quanto lessi in Tito Livio, che questo principe per inalzare quel superbo Tempio da tutta la Toscana chiamò artefici. Or questo fatto a chi ben mira, è una autentica testimonianza dell' abilità Toscana in genere di architettura, maestra delle arti. Anche in questa parte spiccò il bel genio Toscano, che che altri sì pensi, e dica, e scriva: tendono ancora testimonianza della loro magnificenza in genere di fabbriche gli avanzi delle mura di Cortona, e di Volterra, e quelle di Arezzo, che Vitruvio stesso contò fra le opere più egreggie. Ma è che? non debbono a' Toscani attribuirsi ancora oltre il Tempio di Giove Capitolino testè mentovato, e la Cloaca massima di questa Città, fatta da Tarquinio, e il lastrico delle vie Romane, e il famoso emissario del lago Albano, e gli aquedotti di Quinto Marcio opere d' immortale memoria ammirante, e lodate fin dagli stessi Greci, e tanti avanzi di porti, che veggonsi sulle spiaggie dell' antica Etruria? Chi negasse che queste opere furono parto dell' ingegno de' Toscani architetti, sì mostrarebbe assai forastiero nella storia Romana. Ma sò che a' Toscani non sì negherà il magnifico, e il solido in genere di fabbrica, e di architettura; sì negherà ben loro l'eleganza, e la grazia, la delicatezza. Tutto sì deo a' Greci se crediamo a più

fo easy to prove that the Grecians came to work in Hetruria at the time of which we are speaking: and the opinion, which was current in the age of Cassiodorus in favour of the Tuscans, will always be a prejudice in their favour; to wit, that the statues in Italy were of Tuscan invention: which is, in my opinion, as much as to say that the Tuscans were the first that introduced the use of statues into Italy. The Tuscan statues, according to Pliny, were, from the most ancient times spread all over Italy, and the Tuscans had the reputation of being able statuaries. Hence it was that Tarquin sent to Fregella, a city of Hetruria, and not to Greece for an artist to make the statue of Jupiter Capitolinus. And it is now well known that in the city of Bolsena alone, another Tuscan city, were contained upwards of two thousand statues. It was this reputation of the Tuscans which made Tertullian, with reason to say, that the genius of the Tuscans, no less than that of the Greeks had overflowed Rome with statues. I hinted a little before that Tarquin made use of Tuscan artists in forming the statue of Jupiter Capitolinus, which brings into my mind, what I have read in Livy, to wit that this King sent for workmen out of all Tuscany, for the building of that superb temple. Now this fact to whoever considers it, is an authentic testimony of the abilities of the Tuscans with regard to architecture, the mistress of arts. The fine genius of the Tuscans shone forth also in this branch, notwithstanding what some may think, say, or write to the contrary: the ruins of the walls of Cortona, of Volterra, and of Arezzo, which Vitruvius counted among the most remarkable works, are a sufficient testimony of the magnificence of their buildings. But what? ought not the temple of Jupiter Capitolinus already mentioned, the Cloaca maxima of this City, made by Tarquin, the Roman roads, the famous emissary of the Alban lake, and the aqueducts of L. Marcius, works of immortality, admired and praised even by the Greeks, to be attributed to the Tuscans, as likewise so many remains of harbours on the coast of Tuscany? Whoever should deny these to be the works of the Tuscans, would shew himself very ignorant of the Roman history. But magnificence and solidity in architecture cannot be denied to the Tuscans, tho' elegance, grace, and delicacy will be denied them. If we are to give credit to many, we are obliged to the Greeks for every thing: they alone have been able to unite in the three orders, the Doric, the Jonic, and Corinthian

---

tems dont nous parlons, c'est ce qu'il ne sera pas si facil à prouver; & l'opinion, qui du tems de Cassiodore couroit en faveur des Toscans sera toujours un préjugé en leur faveur; c'est à dire que les statues, que l'on voyoit en Italie étoient d' invention Toscane: ce qui selon moi signifie, que les Toscans furent les premiers, qui introduisirent en Italie l'usage des statues. Pline rapporte, que de tems immémorial on voyoit les statues Etrusques répandues dans l'Italie, & que les Toscans avoient la reputation d'être excellents statuaires; en sorte que Tarquin fit venir de Fregelle, & non de la Grèce l'artiste qui fit son Jupiter Capitolin. Tout le monde sait à présent, que dans la seule ville de Bolsène, on comptoit plus de deux mille statues. Cette habilité si reconnue dans les Toscans, fit dire avec raison à Tertullien, que le genie des Toscans n' avoit pas moins coopéré, que celui des Grecs à innonder Rome de statues. J'ai dit il n'y a qu'un moment, que Tarquin employa des artistes Grecs à faire le Jupiter Capitolin, cela me fait ressouvenir, que j'ai lu autrefois dans Tite Live, que ce prince pour ellever ce superbe Temple appella à Rome des ouvriers de toutes les parties de la Toscane. Il est certain que ce seul fait donne une haute idée des l'habilité des Toscans particu-

lièrement dans l'architecture; & quoi qu'on en dise il n' est pas douteux, qu'ils ont montré beaucoup de genie dans cette partie là. Les murailles de Cortone, de Volterre, & d'Arezzo, que Vitruve met au rang des ouvrages les plus considerables, montrent encore, par ce qui en reste, combien ils furent magnifiques dans leurs édifices. Mais quoi? ne doit on pas aussi attribuer aux Toscans outre le temple de Jupiter Capitolin dont nous venons de parler, & le principal égout de Rome fait par Tarquin, & le pavé de les chemins, & le fameux canal-aire du lac d'Albano, & les aqueducs de Quintus Marcius, ouvrages dont on se souviendra toujours; & que les Grecs mêmes ne purent s'empêcher d'admirer; sie tant de restes de ports, que l'on voit encore sur les côtes de l'ancienne Etrurie? Pour peu que l'on soit versé dans l'histoire Romaine, on ne peut s'empêcher de reconnoitre les Toscans pour auteurs de tous ces ouvrages. Je sais bien que l'on ne refusera pas aux Toscans le solide, & le magnifique en genre d'architecture; mais il y en a plusieurs, qui leur refusent l'élégant, le gracieux, & le delicat pour l'accorder aux Grecs, qui selon eux furent les seuls, qui furent reunir aux trois ordres Dorique, Jonien & Corinthien tout coque l'architecture peut avoir de majestueux d'elegant, de beau,

&

più d' uno : eſſi ſoli ne' tre ordini Dorico, Jonico, e Corintio anno ſaputo unire tutto ciò, che queſt' arte può produrre per la maeſtà, l'eleganza, la bellezza, la delicatezza,
e nel tempo ſteſſo la ſolidità : coſi prétende fra gli altri il
Signor Goguet. Ma sù quali prove, e sù quali fondamenti ? Io dubito aſſai, che ove ſe ne faccia un eſatta, e criti-
ca analiſi, tutto poi non ſi riduca alla comune opinione, che
queſti ordini, Dorico, Jonico, e Corintio ſono di Greca invenzione ſull' autorità di Vitruvio, che ce ne racconta il come, e ſulla forza de' nomi ſteſſi, che ſono Greci. Ma quanto all' autorità, e racconto di Vitruvio, il Signor Goguet
medeſimo mi diſſinpegna dal moſtrare quanto in queſto ca-
ſo ſia debole ed inveriſimile. J'ai eu occaſion (ci dice egli ſteſſo orig. des arts) de raporter la maniere dont Vitruve raconte l'origine
de ces ordres & j'ai dit que ſon recit n'etoit nullement vraiſemblable :
Il ne ſatisfait point. Il vaut mieux avoer, qu'on ignore comment, &
dans quel temps preciſement ces ordres d'architecture ont été inventés :
perciò poi che riguarda i nomi, laſciando ad altri l'eſamina-
re fin dove ſi ſtenda la forza di queſto argomento in gene-
rale : dico che riſpetto a' Greci queſto ſolo argomento, o
non ne ha niuna, o ne ha pochiſſima. Egli è abbaſtanza
certo, ſenza che io ſia in obbligo di recarne alcuna prova,
quanto coſtoro foſſero facili a ſpacciarſi per inventori. Se vo-
leſſimo preſtar loro credenza appena v'è coſa, che nata in
Grecia non ſia, o da Greci inventata. Non che le arti e gli
uſi dell' umana vita, ma gli uomini ſteſſi, e gli Dei tutti nac-
quero in Grecia ſe crediamo a coſtoro. Odaſi Laerzio : uar-
rano alcuni, che la bel vantaggio della filoſoſia abbia auuto principio da Barbari, ſenz' avvederſi, che tolgono, per darlo ai Barbari,
il vanto a Greci di tante belle invenzioni, dai quali non ſolo la
filoſiſia ha avuto principio, ma il genere umano. Ma io non ſono
di coſi buona paſta da laſciarmi abbagliare dalla Greca mil-
lanteria. E che! è forſe un temerario ed imprudente ſoſpet-
to, che i Greci nell' imparare dalle altre nazioni le diverſe
maniere di architettura abbiano ad eſſe cambiati i nomi, e
per farſene credere inventori gli abbiano per coſi dire veſti-
ti alla Greca ? Io per me aſſai inclino a credere. Chiunque
ſia ſtato l' inventore di queſti ordini, e ovunque ſieno nati,
ricerca forſe di non poſſibile riuſcimento; egli è certo, che
prima che in Grecia, noi troviamo in Paleſtina i Capitelli
ricchi di ornamenti, e di fregi. Per non parlare di quei,
che

thian, all that this art is capiable of with regard to majeſty, elegance, beauty and delicacy, and even ſolidity at the ſame time : this is the opinion of Goguet. But on what proofs, and
foundations does he ground his opinion ? I am perſuaded that on
making an exact analyſis, according to the rules of criticiſm, of his
proofs, they would all be reduced to the vulgar opinion, that
the Doric, Jonic and Corinthian orders were invented by the
Greeks, on the authority of Vitruvius who gives the reaſons,
and on the ſtrength of the names which are of Grecian origin.
But with regard to the authority of Vitruvius Goguet himſelf
will ſave me the trouble of demonſtrating the inſufficiency and
improbability of Vitruvius' arguments in this reſpect. I have had
occaſion, (ſays he in his origi : des arts) to relate the manner in
which Vitruvius gives us the origin of theſe orders, and I ſaid that his
relation was not probable : it is not ſatisfactory. It is better to own
that we are ignorant in what manner and at what time theſe orders were invented ! but with regard to the names, leaving to others
to examine the ſtrength of this argument in general : I ſay that
this argument alone is of little or no weight in favour of the
Greeks. It is ſufficiently known, without further proof, how
much the Greeks were diſpoſed to give themſelves out for the
inventors of every thing. If we ſhould credit them, there would
almoſt be nothing but what took its riſe in Greece, or was invented by the Grecians. If we believe them not only the arts,
and cuſtoms of life but even the race of man and the Gods
themſelves had their origin in Greece. Let us hear Laertius : ſome, ſays he, relate that Philoſophy had its riſe among the Barbarians,
without perceiving that by ſo doing they take away the merit of
a number of fine inventions from the Greeks; to whom not only Philoſophy but even mankind owe their beginning. But I am not ſo ſim-
ple as to let my ſelf be blinded by the vain boaſtings of the Greeks. But what! can it be deemed raſh, or imprudent to ſuſpect
that the Grecians, learning the different manners of architecture from other nations, ſhould have changed the ancient terms,
and that to make themſelves thought the inventors of it, they
ſhould have given it, as I may ſay, a Grecian dreſs? For my part
I am inclined to think ſo. Whoever was the inventor of theſe
orders, and in whatever country they had their origin, which
are things perhaps impoſſible to be determined, it is certain that
we find in Paleſtine, ſooner than in Greece, capitals richly adorned with ornaments. Not to ſpeak of thoſe placed by Moſes on
the

& de délicat, indépendemment du ſolide : ainſi que le prétend
entre autres M. Goguet ; mais ſur quelles preuves, & ſur quels
fondemens ? Je crains fort, que ſi l'on examinoit d'un oeil critique toutes les raiſons, que l'on a de le penſer ainſi, elles ne ſe ré-
duiſiſſent à la commune opinion où l'on eſt, que les differents
ordres Dorique, Jonique, & Corinthien ont été inventés par les
Grecs, parceque Vitruve le dit en racontant comment ; & par
ce que leurs noms ſont originairement Grecs. Mais quant à l'au-
thorité de Vitruve ſur cet article là, M. Goguet me diſpenſe de
faire voir combien ſon ſentiment eſt peu vraiſſemblable. Voici
comme il s'explique, dans ſon orig. des arts. J'ai eu occaſion de
rapporter la maniere dont Vitruve raconte l'origine de ces ordres, &
j'ai dit que ſon recit n'étoit nullement vraiſemblable : il ne ſatisfait
point : il vaut mieux avouer, qu'on ignore comment, & dans quel tems
preciſément ces ordres d'architecture ont été inventés. C'eſt pour quoi
quant aux noms, abandonnant à d'autres le ſoin d'examiner
juſques ou peut aller la force de cet argument en général, je crois
qu'il eſt difficile de la ſoutenir en faveur des Grecs. Tout le monde ſuit aſſez, ſans que je ſois obligé d'en apporter d'autres preuves,
avec combien de facilité ils s'attribuoient le mérite de l'invention. A les entendre il n'y a rien, qui n'ait eu ſon origine, ou

qui n'ait été inventé en Grèce, les arts, les ſciences, les hommes,
les Dieux même, tout enfin ſelon eux tire ſon origine de la Grèce. Ecoutons comme en parle Diogene Laerce : il y en a qui pré-
tendent que la philoſophie tire ſon origine des Barbares, ſans s'apper-
cevoir que par la ils privent les Grecs du mérite de quantité de belles
inventions, à qui qu' ils ſoient nous ſeulement les auteurs de la philoſophie, mais que le genre humain même leur doive ſon origine. Mais
les Grecs ont beau ſe vanter, ils ne me perſuaderont pas facilement. Quelle témérité auroit il a croire, qu'apprenant des
autres nations les differents goûts d'architecture, ils en ayant
changés les noms, pour les habiller à la Grèque ? Pour moi je
le penſe ainſi. Il n'eſt peutêtre pas poſſible de découvrir à qui
l'on doit l' invention de ces differents ordres, & d'où ils ſont
venus ; mais ce qu'il y a de certain, c'eſt qu'on a vu dans la Paleſtine des chapiteaux chargés de differentes ſortes d'ornemens,
avant qu'ils fuſſent connus en Grèce. Mais ſans parler de ceux
que Moiſe fit placer ſur les colonnes du tabernacle, ceux du temple de Salomon étoient ornés de palmes, de lis, de grenades :
il y en avoient, qui etoient preſque travaillés en façon de filets
& de chaînes, tiſſus avec un ordre merveilleux. J'ai déja parlé
de ces ornemens, & de la manière dont ils étoient diſpoſés, dans
mon

che alle colonne del Tabernacolo furono sovrapposti da Mosè, quei del Tempio di Salomone aveano ornamenti di palme, di gigli, di melagrani: ve n'erano de' lavorati *quasi a guisa di rete, e di catene tessute* con un ordine maraviglioso. Parlai già nel mio libro della magnificenza de' Romani di questi ornamenti, e della maniera con cui erano disposti, e prima di me più minutamente descrisserli il Villalpando, e il Lamy. Io non voglio qui sostenere, che tutto in realtà fosse, come questi autori ce lo hanno rappresentato: dico bensì, che la sola descrizione, che ne abbiamo ne' sacri libri, basta per farci raggionevolmente supporre, che i capitelli del Tempio di Salomone fabricato ducento e più anni prima dell' Edificazione di Roma, erano assai simili a quelli che presso i Greci si dissero poi Corintii. Onde io credo, che non si allontani dal vero il Villalpando, allorchè scrive, aver i Corintii imitato lo stesso stesissimo capitello di Salomone, e per ispacciarsene gli inventori aver mutate le foglie di Palma in quelle di Acanto, abbellendone la mutazione con la favola raccontataci da Vitruvio. Ma non il Corintio soltanto, anche il Dorico, e l' Jonico Capitello furono presi dal Tempio di Salomone, se prestiam fede al citato autore. *Veggiamo scolpiti,* dice egli, *nelle metope i Teschi de' Tori: ma queste ossa non furono nel Tempio di Salomone, dunque diremo che vi furono scolpiti i vivi capi de' Cherubini sotto figura d'uomo, d' aquila, di leone, di vitello..... che poi i Dori imitando tali cose e volendole adattare alla loro superstizione mutarono i Cherubini ne' Teschi di animali.* Perciò poi che riguarda il capitello Jonico sebbene io pensi, che dalle conchiglie questo sia nato, come ho detto di sopra, ciò non ostante qualor questo mio pensamento ad alcuno non piacesse, dir si potrebbe ciò che dissi già nella opera mia sopra citata, che siccome ne' capitelli, o ne' fregi del Tempio di Palestina le foglie di Palma, o di ulivo erano non poco incurvate in cima per eleganza, acciocchè col terminar diritte intorno all' abaco, o la cornice, non avessero a comparire alquanto aride: Venne in mente agli Jonii, di avvolgere, od affottigliare dall' una, e dall' altra banda la cima de' capitelli, come se vi fossero stati apposti due volumi: il che non essendo poi stato gradito, perchè le fronti de' volumi non apparivano, se non d'avanti, e di dietro, e l' uno e l' altro lato veniva ad essere meno adorno di quel, che desideravano le persone di go-

the collumns of the Tabernacle, those of the temple of Salomon were ornamented with palms, lillies, pomgranates: some were worked *in the form of nets and chains interwoven* in a wonderful manner. In my work of the magnificence of the Romains I have treated of these ornaments, and of the manner in which they were disposed, and before me Villalpand and Lamy have described them more minutely. I will not at present mentain that every thing was in reality as these writers have described them: but I will affirm that the description alone which we have of them in Holy writ, is sufficient to make us reasonably to suppose that the Capitals of the Temple of Salomon, built more than 200 years before the foundation of Rome, were very like those which among the Greeks were afterwards called Corinthian. Hence I think that Villalpand does not deviate far from truth, when he says that the Corinthians imitated the very Capital of Salomon, and that to pass for the inventors of it, they changed the palm leaves into those of the acanthus, embellishing the mutation with the fable related by Vitruvius. But not the Corinthian alone, the Doric and Jonic capitals also were taken from the temple of Salomon, if we may credit the above cited author. *We see carved,* says he, *bulls heads in the metopes: but those skulls were not in the temple of Salomon, we will therefore say that the living heads of Cherubims were carved there under the forms of a man, of an eagle, of a lion, of a calf.... and that the Dorians afterwards imitating these things, and appropriating them to their own superstitions, changed the heads of the cherubims into the skulls of animals.* For this reason in regard of the Jonic capital, tho I think, as I have already said, that it took its origine from shells; yet if any one should dislike this opinion, what I have allready advanced, in my above mentioned work, might again be said, to wit, that as in the temple of Palestina, the leaves of palms and olives were somwhat curved at the extremities for the sake of elegance, and that they might not appear meagre and dry by terminating in streight lines about the abacus or cornice: the Jonians took it into their head to roll and diminish the tops of their capitals on each side in such a manner as to make them appear like two volumes: but this not meeting with approbation, because the faces of the voluues were only seen before and behind, and both sides were too bare of ornaments to please persons of taste, they took away the volumes, and, having drawn a double curve line from each front of the capi-

mon livre de la magnificence des Romains; & avant moi, Villalpande & Lamy en avoient fait une description plus détaillée. Je ne soutiendrai pas, que le tout fut en effet, comme ces auteurs nous le representent, je dirai cependant que la seule description, que nous en avons dans les S. livres, suffit pour nous faire raisonnablement supposer, que les chapiteaux du temple de Salomon bâti plus de deux cents ans avant la fondation de Rome, étoient assez semblables à ceux, que dans la suite, les Grecs nommerent Corinthiens: de sorte que je ne pense pas, que Villalpande s'éloigne de la verité, lors qu'il dit, que les Corinthiens avoient imités absolument le même chapiteau, que celui de Salomon, & que pour s'en faire croire les inventeurs, ils avoient substitué les feuilles d'acante à celles de palmier, à quoi ils avoient joint la fable, que Vitruve nous raconte. Le même auteur dit encore, que non seulement l'on a pris du temple de Salomon le chapiteau Corinthien mais aussi l'Jonique, & le Dorique. *Nous voyons representés,* dit il, *dans les metopes des cranes de taureaux, mais ces os ne furent pas dans le temple de Salomon; nous dirons qu'on y avoit representés des têtes de Cherubins, sous une figure d'homme, d'aigle, de Lion, de Veau.... qu'en suite les Doriens en les imitant, & voulant les adapter à leurs superstitions, substituerent des têtes d'animaux*

à celles de Cherubins. C'est pour quoi, quant au chapiteau jonien, quoique je pense, comme je l'ai deja dit plus haut, qu'il tire son origine des Coquilles; néanmoins si cette opinion ne plaisoit pas à tout le monde, on pourroit dire ceque j'ai rapporté dans cette mes ouvrages, que j'ai deja cité, que comme dans les chapiteaux, ou dans les frises du temple de Palestine, les feuilles de palmier, ou d'olivier étoient extremement courbées par le haut, & cela par élégance, à fin qu' elles ne parussent pas si séches, si elles finissoient en pointes au tour de l'entablement, ou de la corniche: Il vint en fantasie aux Joniens de lier, & de resserer de tous les côtés de faîte des chapiteaux, comme si l'on y avoit attaché deux volumes: ce qui n'ayant point plu, parce que les fronts des volumes paroissoient seulement par devant & par derriere, & les côtés étoient beaucoup moins ornés, que ne le désiroient les personnes des goût; ils ôterent les volumes, & après avoir tiré de tous les chapiteaux une double ligne courbe, qui joignit à chacun des angles de l'entablement, & s'avoit disposée en spirale, elle leur servit pour orner de tous les côtés les angles des chapiteaux. De quelque façon que soit la chose; je ne pense pas que les Grecs tirassent originairement du temple de Salomon les chapiteaux Corinthiens, Doriques, & Jo-

gusto, tolsero via i volumi, e tirata da tutte le fronti de' capitelli una doppia linea curva, la quale giungesse a ciascun angolo dell'Abaco, e quivi raggiratasi a guisa di spira, facero, che con tal sorta di spira rimanessero adorni gli angoli de' capitelli da tutti i lati. Ma comunque la cosa sia : io non penso che i Greci dal Tempio di Salomone immediatamente prendessero i capitelli Corintio, Dorico, e Jonico. Stimo assai più verisimile, che i Palestini e nominatamente i Fenicii, de' quali è ben noto il commercio per l'Europa tutta, e per tutto il mondo allor conosciuto, portassero in Grecia le tre divisate maniere d'architettura; da questi le apprendessero i Greci, da cui furono poi communicate ad altre nazioni, o tali quali avenne ricevute da Fenicii, o variate in parte, e adattate a loro modi, e caratteri, che facil cosa sì è l'aggiungere agli altrui ritrovamenti, conforme ognun sà. Foci già osservare nel mio libro della magnificenza dei Romani ne' monumenti del Tempio di Pericle, di quel tempo cioè in cui si vuole, che l'architettura fosse perfezionata, la sproporzione delle colonne, la loro non iscambievole corrispondenza nei doppi ordini, l'irregolarità de' triglifi, che a que' tempi non battevano ancora sul mezzo delle colonne angolari, gl' intercolunnii angolari più stretti degli altri in grazia de' Triglifi; che in paragone di questo sconcerto, erano pochissima cosa i Triglifi situati fuora della loro regione, e cento altre irregolarità. Or tutte queste irregolarità per una parte, e per l'altra gli ornamenti di cui quelle opere architettoniche vengono rivestite, possono servire di non leggiere conghiettura a confermare, che i Greci non furono come si pretende gl' inventori degli ordini divisati; ma o veduti da loro fuori di Grecia, o da altri in Grecia portati, non seppero perfettamente, ed esattamente imitarli. Ciò però, che dee determinarci anche più a negare, che l'architettura così adorna, come si vede ne' monumenti de' Greci, non sia da questi inventata, si è l'origine, che hanno voluto raccontarci d' ogni invenzione. Le colonne Doriche, diceano essi presso Vitruvio, essendo alte sei diametri presi dall' imo, imitano l'altezza virile : or io ho fatto altrove vedere, che in parecchi Greci monumenti sono tutte più basse, ed alcune quasi per la metà. Le colonne Joniche essendo alte otto diametri, imitano, se crediamo a' Greci, la statura del-

pitali, to each angle of the abacus, and there twisting it in a spiral form, the angles on every side became adorned with the spiral line. But however the thing may be: I do not imagine that the Greeks took the Corinthian, the Doric, and Jonic capitals immediately from the temple of Salomon. I think it much more probable that the people of Palestine, and particularly the Phenicians, who are known to have traded over all Europe, and even over all the then known world, brought into Greece the three above mentioned orders of architecture, that the Greeks learned them from these, and afterwards communicated them to other nations the very same as they had received them from the Phenicians, or somewhat varied, and adapted to their manners and Character, for it is easy to add to the inventions of others, as every one knows. I have already observed in my book of the magnificence of the Romans, with regard to the monuments of the age of Pericles, that is, at the time when architecture, as is said, was brought to perfection, the disproportion of the columns, their want of correspondence in the double orders, the irregularity of the triglyps, which in those times were not placed over the middle of the columns of the angles, the angular intercolumnations smaller than the rest for the sake of the triglyps, which alone caused a much greater disorder than the misplacing the triglyps, and an hundred other irregularities. Now all these irregularities on one side, and the ornaments with which these works of architecture are covered, on the other, may serve to strengthen the conjecture, that the Greeks were not, as it is pretended, the inventors of the above mentioned orders, but that either having been seen by them out of Greece, or being brought thither by others, the Grecians had not been able perfectly to imitate them. But what ought still more to determine us to deny that architecture, as we see it adorned in the Grecian monuments, was not invented by themselves the origin which they give of every invention. They said, as Vitruvius relates, that the Doric columns being six diameters, taken at the bottom, high, they imitate the proportion of a man: Now I have shewn elsewhere that in many of the Grecian monuments they are all lower, and some scarcely above the half. The Jonic columns having eight diameters in height, are in the proportion of women, and the capitals represent their heads and curled hair. But for what reason were the matrons, represented in the Jonic

---

Joniques : je crois bien plustôt, que les peuples de la Palestine, & particulierement les Phéniciens, dont le commerce s'étendoit alors dans toutes les parties du monde connu, portèrent en Gréce ces trois differents ordres d'architecture ; que les Grecs les ayant appris d'eux les communiquèrent ensuite aux autres nations, ou tels qu'ils les avoient reçus des Phéniciens, ou changés en partie, & accommodés à leur goût, & à leur caractère, n'y ayant rien de plus facil, comme chacun sait, que d'ajouter aux inventions des autres. J'ai déjà fait observer dans mon livre de la magnificence des Romains, sur les monuments du tems de Pericles, de ce tems où l'on prétend, que l'architecture étoit à sa perfection, la disproportion des colonnes, combien elles s'accordoient mal dans les doubles ordres, l'irregularité des triglyphes, qui dans ces tems là ne battoient pas encore sur le milieu des colonnes angulaires, les entrecolonnemens des angles plus étroits que les autres pour les placer sous les triglyphes, ce qui causoit un désordre infiniment plus grand, que de voir des triglyphes hors de leur place naturelle & même que nombre d'autres irregularités semblables. Or toutes ces irregularités d'un côté, & de l'autre les ornemens, dont ces ouvrages d'architecture font revetus, donnent lieu de croire, que les Grecs ne furent pas, comme on le prétend, les inventeurs des ordres en question ; mais que les ayant vus hors de la Gréce, ou que quelques étrangers les leur ayant apportés, ils ne les imitèrent pas exactement. Mais ce qui doit nous persuader davantage, que l'architecture ornée comme on la voit dans les monuments Grecs, n'est pas de leur invention, c'est la vanité avec la quelle ils veulent se donner pour les inventeurs de tous les arts. Ils disoient, selon Vitruve, que les colonnes Doriques imitoient la hauteur de l'homme, ayant comme lui six diametres de hauteur. Or j'ai fait voir ailleurs, que dans quantité de monuments Grecs elles sont toutes plus basses, & quelques unes presque de moitié. Les Colonnes Joniques ayant, selon les Grecs, huit diametres de hauteur imitent la taille des matrones, & leurs têtes avec leurs cheveux bouclés, sont figurées par les chapiteaux. Mais quelle peut être la raison pour la quelle on a prétendu figurer les matrones avec leurs têtes, & leurs cheveux dans les colonnes Joniques, & que l'on n'en a pas fait de même à l'occasion d'hommes, dans les colonnes Doriques. Les colonnes Joniques sont canelées dit on, pour imiter les plis

de

delle matrone, e il capitello di esse finge il capo, e i capelli inanellati delle medesime. Ma perchè mai furono fatti il capo, e i capelli alle Matrone figurate nelle colonne Ioniche, e senza capo furono fatti gl'uomini simboleggiati nelle Doriche. Le colonne Ioniche sono scannellate per imitare, dicesi, le pieghe degli abiti matronali; ma perchè mai nei monumenti di Grecia si veggono le scannellature nelle colonne Doriche eziandio? anzi non ve ne ha una che non le abbia? Le colonne Corintie più gracili di tutte le altre imitano, al dir de' Greci, la sveltezza delle Vergini, e il capitello rappresenta il Paniere della vergine Corintia rivestito da un Cesto d'Acanto. Ma perchè mai le Vergini figurate in queste colonne anno da avere un paniere in luogo di capo?

Si dirà forse, che queste riflessioni, e quelli racconti, sono di Vitruvio, o d'altri, che vollero raffinare un pò troppo intorno alla saviezza usata da' Greci nell' inventare gli ornamenti dell' architettura. Sia così: non per questo ne staranno meglio i Greci. Udiamo il Signor Le Roy: Les Grecs, dice, (Les plus Beaux monum:) disposerent leurs Cabannes avec tant de sagesse qu'ils en ont toujours conservé la forme meme dans leurs temples les plus magnifiques. Les Entablements les plus riches n'ont eu d'autre origine, que l'arrangement des pieces de bois du platfond ou du comble, qu'ils remarquoient aux cotés lateraux de ces cabannes. Cosi asserisce il Signor Le Roy sù la parola di Vitruvio: una i monumenti di Grecia corrispondono eglino alla asserzione? Nel mio libro più volte citato ho fatto osservare per mille versi, che i Greci architetti nel disporre i loro Tempj avendo confusi, e posto in disordine l'assettamento economico degli edifirj di legno, anno mostrato non con una sola opera, ma con tutte quelle, che ne rimangono, e son ben molte, e non tutte d'una età, e d'un tempo, che non capivano cotesta imitazione, e non capendola, che i divisati tre ordini non sono stati di loro invenzione. Non cosi gli avanzi delle fabriche Etrusche; si osservino i lacunari delle Grotte Cornetane, e si vedrà con quanta maggior saviezza, e correzzione travagliassero i loro soffitti, poichè queste, come ho detto, rappresentano in pietra, il mechanisimo, e l'intreccio delle Travature.

Ma per tornare a Toscani, e al loro merito in fatto d'architettura: volgare pregiudizio è per mio avviso, il credere, che i Toscani non avessero, che una sola forma di Tempj, e questi privi di quegli ornamenti, che danno risalto

nic columns, made with heads and hair; while the men are represented without heads in the Doric. The Jonic columns are fluted to imitate, as it is said, the folds of the garments of matrons; but for what reason are the Doric columns also fluted in the Grecian monuments? Nay there is not one which is not fluted. The Corinthian columns more slender than all the others, imitate, according to the Greeks, the lightness of virgins, and the capital represents the basket of the Corinthian virgin, covered with the leaves of the acanthus. But why are the Virgins, represented by these columns, to have baskets in place of heads.

It will perhaps be said that these remarks and stories are the inventions of Vitruvius, or others who wanted to refine too much on the wisdom of the Greeks concerning the invention of the ornaments of architecture. Let it be so: the Greeks will be no better for it. Let us attend to Le Roy: The Grecians, says he, (Les plus Beaux monum:) disposed their cottages with so much wisdom, that they have always preserved the form of them, even in their most magnificent temples. The richest entablatures had no other origin but from the disposition of the beams of the cieling, or roof, which they observed on the sides of these cottages. So Le Roy tells us after Vitruvius. But do the Grecian monuments correspond with this assertion? I have often observed, in my book of the magnificence of the Romans, that the Grecian architects having confounded and put in disorder the economical disposition of the wooden buildings in the adjusting of their temples, have shewn not only in one single work, but in all those which remain, which are many, and of different ages, that they did not comprehend this imitation, and as they did not comprehend it, that the above mentioned three orders were not invented by them. It is not so in regard of the remains of the Tuscan buildings; if the roofs of the grottos of Corneto be examined, it will appear with how much more wisdom and exactness they were worked, since, as I have said, they represent in stone the mechanism and crossings of the beams.

But to return to the Tuscans, and to their knowledge in architecture: it is a vulgar error, in my opinion, to believe that the Tuscans had only one form of temples, and these void of those ornaments, which give spirit to the design, and raise the

---

de l'habillement des matrones. Mais pourquoi voit on aussi des caneleures aux colonnes Doriques, qui sont dans les monuments Grecs? & même il n'y en a aucune sans cela. Les colonnes Corinthiennes plus déliées que toutes les autres imitent, à ce que disent les Grecs la Legereté des vierges, & le chapiteau represente le panier de la Vierge Corinthienne couvert de feuilles d'acante. Mais pourquoi les Vierges representées par ces colonnes doivent elles avoir un panier au lieu de tête?

On dira peutêtre, que ces recits, & ces reflexions sont de Vitruve, ou de quelques autres, qui se sont égarés dans des subtilités, sur des recherches concernant les découvertes, que les Grecs ont pu faire dans les ornemens, qui conviennent à l'architecture. Et bien soit; cela ne prouve rien en faveur des Grecs. Ecoutons ce qu'en dit M. Le Roy, Les Grecs, dit il, (Les plus Beaux monum) disposerent leurs cabanes avec tant de sagesse qu'ils en ont toujours conservé la forme même dans leurs temples les plus magnifiques. Les entablemens les plus riches n'ont eu d'autre origine, que l'arrangement des pieces de bois du platfond, ou du comble qu'ils remarquoient aux cotés lateraux de cet cabanner. C'est ainsi que l'assure M. Le Roy, sur la parole de Vitruve. Mais les monuments de la Grèce correspondent ils à l'as-

sertion? j'ai fait observer dans plusieurs endroits de mon livre, que j'ai deja cité plusieurs fois, que les architectes Grecs ayant confondu, & dérangé la disposition oeconomique des édifices de bois, ont fait voir dans tous les ouvrages qui nous restent d'eux, dont le nombre est assez considerable, & qui sont de differents siécles, qu'ils ne comprenoient pas cette imitation, & que ne l'ayant pas entendue, les trois ordres dont nous avons parlé n'ont pu être de leur invention: il n'en est pas ainsi de ce qui nous reste des monuments Etrusques, que l'on observe les platfonds des grotes de Cornete, & l'on verra avec combien plus de sagesse, & de correction ils travailloient leurs platsfonds; puisque, comme je l'ai dit, ces grotes representent en pierre tout ce que l'on peut faire en bois par le moyen des poutres, & des solives enclavées les unes dans les autres.

Mais pour retourner aux Toscans, & pour considerer leur mérite en matiere d'architecture: C'est selon moi un faux préjugé, que de s'immaginer que les Toscans ne connussent qu'une seule forme pour les temples, dans les quels on ne trouvoit pas cette qualité d'ornemens, qui donne de l'éclat au dessein, & rend l'ouvrage plus préceux. Je sais que Vitruve ne nous propose pour fai-

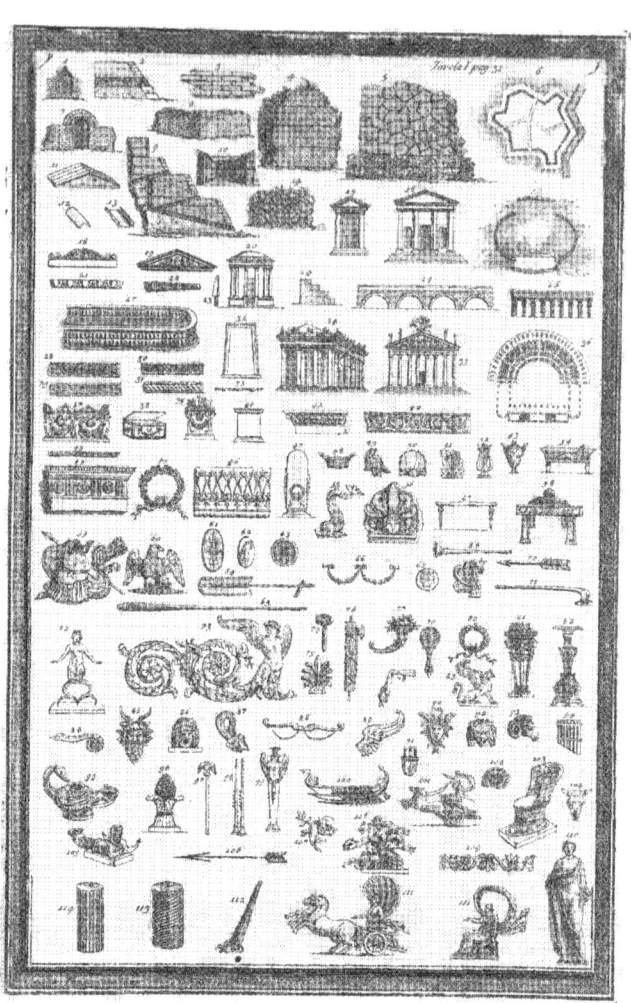

fàlto al difegno, e pregio crefcono al lavoro. Sò che Vitruvio non ci propone altra maniera di fare i Tempj alla Tofcana, che quella d'un quadrato, in cui fiano ricavate trè celle chiufe frà quattro mura con un antitempio foftenuto da otto colonne, e quattro pilaftri. Ma per mia fè, e chi fi potrà perfuadere sì fatta cofa de' Tofcani, cioè d'una nazione sì fplendida, e sì fontuofa nel vivere, e nell'abitare, di cui tante invenzioni ci riferifcono, Diodoro, Vitruvio, Dionigi, Livio, Floro, Macrobio, ed altri antichi autori? mi fia lecito di non ommetter qui un bel paffo del primo: *Cuftoro*, dice Diodoro (lib. V.) parlando *de' Tofcani efercitati, anche nella milizia terreftre inuentarono la tromba utiliffima in guerra da loro denominata Tirrena. A principali Magiftrati aggiunfero maeftà con furgli circondar da littori, e con dar loro fedia d'avorio, e toga di porpora. Nelle cafe inuentarono i portici intorno d'ottimo effetto nel concorfo delle affiziofe turbe. Le più delle quali cofe imitando i Romani, e aumentandole in meglio le conuertirono in proprio ufo.* Ma quando anche ci mancaffero le teftimonianze degli autori per conofcere quanto il Tofcano ingegno foffe nell'inventare ferace, e vario, i loro monumenti ce lo atteftano più che baftantemente. Volgafi l'occhio alla Tavola da me difegnata, (*Si veda a pagina 21. la Tavola prima*), e in effa offervifi, quante, e quanto varie cofe noi dobbiamo a Tofcani per gli ufi tutti, e facri, e bellici, e civili, e politici, e publici, e privati della vita umana. Or una nazione nell'inventar cotanto feconda, e varia, in tante centinaja e forfe migliaja de' tempj, che dovette avere, avrà adoperati una fola maniera? E i Romani, i quali altra architettura per più fecoli non conobbero, che l'Etufca, d'una fola fi faranno contentati in trecento, e più Tempj, che ebbe Roma prima che vi veniffero artefici Greci? Lo creda pur chi vuole, ma io non mai. Tondo fu pure il Tempio di Vefta fabbricato da Numa; ed altri di fimil forma ve ne furono certamente, opera de' Tofcani architetti. Se quadro fu il tempio di Giove Capitolino, ebbe però nella facciata tre ordini di colonne per teftimonianza di Dionigio, e non otto colonne folamente, come aver dovea, fe vero foffe quanto avvanzò Vitruvio. Nè mi fi dica, che Dionigi parla del Tempio rifatto da Silla, e non di quello che fabbricò Tarquinio, poichè Dionigi medefimo ci attefta, che Silla rifabbricò il nuovo sù medefimi fondamenti del vecchio, che non

the value of the work. I know that Vitruvius mentions no other kind of Tufcan temples befide the quadrangular ones, which are divided in to three cells included within four walls, with a porch fuftained by eight columns, and four pilafters. But in truth, who can believe this of the Tufcans, that is, of a people who lived and dwelled fo fplendidly and fumptuoufly, and of whom fo many inventions are related by Diodorus, Vitruvius, Denys, Livy, Florus, Macrobius, and other ancient authors? I beg leave to tranfcribe a beautiful paffage of the firft: *They*, fays Diodorus (B. V.) fpeaking of the Tufcans, *being well verfed in the art of war by land, invented the trumpet of great ufe in war and called from them Tyrrene. They added dignity to the chief Magiftrates by giving them lictors, the ivory chair, and the purple robe. They invented porticos to houfes, very ufeful for the concourfe of a multitude of clients. Moft of which things were imitated, perfectioned, and adapted by the Romans.* But tho the teftimonies of authors were wanting to prove how inventive and extended was the genius of the Tufcans, their monuments are more than a fufficient proof of it. Let the plate, which I have defigned be examined, (*See at page 21 Plate the firft*), and it will appear that we are indebted to the Tufcans for a variety of inventions ufeful in human life, as facred, military, civil, polific, public, and private. Now is it poffible that a people fo fruitful of a variety of inventions fhould have built fo many hundred, or perhaps thoufands of temples, as they muft have had, all in one manner? and did the Romans, who for feveral ages knew no other architecture but the Tufcan, content themfelves with one kind of temples, having had above three hundred before the coming of any Grecian artift to Rome? Let thofe, who will, believe it, for my part I cannot. The temple of Vefta built by Numa was round, and there were certainly others of the fame form built by Tufcan architects. Tho the temple of Jupiter Capitolinus was fquare, it had in the front three ranks of columns, according to the teftimony of Denys, and not eight columns alone, as it ought to have had, if what Vitruvius advances be true. Neither ought it to be objected againft me that Denys fpeaks of the Temple rebuilt by Sylla, and not of that erected by Tarquin, fince Denys himfelf tells us that Sylla rebuilt the new one on the very foundations of the ancient one, which was not furpaffed by the new one in any thing but the coftlynefs of

---

faire des temples dans le goût Tofcan, qu'une forme quarrée dans laquelle on ménage trois cellules environnées de quatre murailles, avec un petit avant temple foutenu par huit colonnes, & quatre pilaftres. Mais en verité, qui pourra fe perfuader cela des Tofcans, c'eft à dire d'une nation fi magnifique, & fi fomptueufe dans fa façon de vivre, & de fe loger, & qui étoit d'un genie fi inventif au raport de Diodore de Sicile, de Vitruve, de Denis d'Halicarnaffe, Tite-Live, Florus, Macrobe, & de quantité d'autres. Qu'il me foit permis de rapporter un beau paffage du premier de ces auteurs. Il dit en parlant des Tofcans liv. V. *Ils entendoient parfaitement l'art militaire, & ils furent les inventeurs de la trompette, inftrument qui eft d'une grande utilité à la guerre, & qu'ils nommerent Tyrrene. Pour augmenter la majefté des principaux Magiftrats, ils les firent accompagner par des licteurs, leurs accorderent le choix d'ivoire, & la robe de pourpre. Ils inventerent des portiques pour leurs maifons; ce qui leur étoit fort commode pour faire place à la foule des clients. Les Romains les imiterent en beaucoup de chofes, & en changerent quelques autres; pour les adapter à leurs ufages.* Mais quand nous n'aurions pas le témoignage de tant d'auteurs en faveur des Tofcans, leurs monuments feuls ne fuffiroient ils pas pour nous faire connoitre combien ils furent fertiles en inventions? Que l'on jette un coup d'oeil fur la planche que j'ai deffinée. (*Voyez à la page 21. la Planche premiere*), & que l'on y obferve combien de différentes chofes nous devons aux Tofcans, pour toutes fortes d'ufages, tant facrés, que guerriers, civiles, & politiques, publics, & particuliers. Or une nation fi feconde, & fi variée dans les inventions, n'aura-telle fuivie, qu'une feule maniere, & en une feule façon de faire dans plufieurs centaines, & peut-être plufieurs milliers des temples, qu'elle aura conftruits? Et les Romains, qui pendant plufieurs fiécles ne connurent d'autre architecture, que l'Etrufque fe feront ils contentés d'une feule manière de faire, en plus de trois cents temples, que l'on bâtit à Rome avant l'arrivée des ouvriers Grecs? Le croit qui voudra, pour moi je n'en ferai rien. Le temple de Vefta, que Numa fit bâtir étoit de forme ronde, & il y en eut certainement d'autres de la même forme bâtis par des architectes Tofcans. Si le temple de Jupiter Capitolin fut de forme quarrée, fa façade fut cependant compofée de trois rangs de colonnes, felon le raport de Denis d'Halicarnaffe; & non pas de huit colonnes feulement, comme il auroit dû être, fi nous en devons croire Vitruve. Que l'on n'allegue point que Denis parle du temple que Sylla fit rebâtir, & non pas de celui que fit bâtire Tarquin, puis que Denis lui même nous affure, que Sylla fit rebâtir le nouveau fur les

non fu fuperato, che nella funtuofità della materia : e più efpreffamente leggiamo in Tacito, che i Romani avvifati furono dagli aufpici a fiturre il Tempio fulle fteffe veftigie del primo, non volendo gli Dei, che fe ne mutaffe l'antica forma. Ebbe dunque il Tempio Capitolino fin dalla prima fua fondazione tre ordini di colonne in facciata, e non otto colonne foltanto: egli è dunque falfo, che gli Etrufci avaffero una fola maniera di sì fatte fabbriche. Falfo è altresì che i Tempj Tofcani foffero privi di quegli ornamenti, che tanto contribuifcono alla vaghezza delle fabbriche, e danno loro rifalto, e pregio. E non leggiamo forfe in Plinio, che in Roma, e ne' paefi circonvicini v'erano molti frontifpizj di Tempj, opera certamente Tofcana, pregievoli per la meraviglia dell'intaglio, e per l'arte con cui erano fatti? E non fappiamo noi dallo fteffo Plinio, e da Vitruvio, che il frontifpizio, e il faftigio del Tempio Capitolino era ornato con figure di terra cotta, e quadrighe della fteffa materia? Nè fia alcuno, che fi avvifi a fpregiare sì fatte opere, perchè di vil materia lavorate. Chi rifletterà all'efquifito lavoro de' vafi Etrufchi, di cui abbiamo parlato di fopra, alla finezza, all'eleganza de' medefimi, al garbo, e all'aggiuftatezza de' loro manichi, e di certe piccole figurine, e mafcheroncini, che talora fi trovano in effi, potrà facilmente conghiettupare il merito de' fopraccennati lavori, a difpetto della loro vile materia. Oltre che le anime volgari, come ben riflette il Conte Caylus, fono quelle, che nelle arti lafcianfi abbagliare dal luffo; a' veri conofcitori, e egl'intendenti tutte le materie fono indifferenti, effi non cercano nell'opera che l'opera medefima. Sebbene non mancò ne' Tempj de'Tofcani di che appagare anche l'occhio del volgare effendo ftato coftume di quefti popoli al riferir di Vitruvio d'ornare i Tempj con figure di rame dorato. Troppe più altre cofe potrei io qui aggiungere per rilevare il pregio degli antichi Tofcani, e nel tempo fteffo della noftra Italia, che non fu a Greci di tanto debitrice, quanto altri per avventura fi penfa: ma egli è oramai tempo di por termine a quefto ragionamento. Col fin qui detto io mi lufingo d'avere a un tempo fteffo difefa l'architettura Egizia, e Tofcana dalle indebite taccie, con cui viene depreffa; e giuftificato me medefimo dall'avere in quefti difegni unito infieme con le Greche maniere l'Egizie ancora, e l'Etrufche. Ella è per vero dire una

of the materials: and we are told ftill more exprefsly by Tacitus that the Romans were advifed by the foothfayers to erect the temple on the very foundations of the firft, the Gods not being willing that the ancient form should be changed. The temple therefore of Jupiter Capitolinus had three ranks of columns in front, and not eight columns alone: it is therefore falfe that the Tufcans had only one fpecies of Temples. And it is likewife falfe that the Tufcan temples were void of thofe ornaments which fo much contribute to the beauty of buildings, and make them valuable. And do not we read in Pliny that in Rome and the neighbouring towns there were fronts of Temples, certainly built by the Tufcans, efteemed for their exquifite carving, and for the art with which they were executed? And do not we know from the fame Pliny, and from Vitruvius, that the front and tympan of the Capitolian temple were ornamented with figures and chariots of baked earth? Let no one take it into his head to defpife thefe kinds of works, becaufe they were made of vile materials. Whoever will reflect on the exquifite workmanship of the Tufcan vafes, of which we have allready treated, on their elegance, on the tafte and propriety of their handles, and on certain little figures and masks, which are fometimes feen on them, may eafily conjecture concerning the merit of the above mentioned works, in fpite of the vilenefs of their materials. Befides, the minds of the vulgar, as Count Caylus very well obferves, are thofe, who in the arts let themfelves be dazzled with richefs; to the true connoiffeurs all materials are indifferent, they feek in a work nothing but the work it felf. Altho nothing was wanting in the Tufcan temples to captivate the eyes of the vulgar, it being the cuftom of that people, as we are told by Vitruvius, to adorn their temples with figures of brafs guilded. I might add much more in praife of the ancient Tufcans, and of our Italy, which was not fo much indebted to the Greeks, as fome may perhaps imagine; but it is now time to put an end to this argument. I flatter my felf that, by what I have hitherto faid, I have at the fame time vindicated the Egyptian, and Tufcan architecture from thofe undeferved afpertions which they lye under, and juftified my felf for having in thefe defigns united the Grecian with the Egyptian and Tufcan manners. The law which fome people would impofe upon us of doing nothing but

les mêmes fondements du vieux, qui ne fut inférieur au moderne, que par la magnificence de la matiére: & nous lifons expreffément dans Tacite, que les Romains furent avertis par les Arufpices de bâtir le fecond temple dans le même emplacement, & fur les veftiges du premier, parceque les Dieux ne vouloient pas que l'on en changeât l'ancienne forme. Le temple Capitolin eut donc de fa premiére fondation trois rangs de colonnes à fa façade, & non pas huit colonnes feulement. Il eft donc également faux, que les Etrufques n'euffent qu'une feule maniére pour de femblables édifices, & que les temples Tofcans fuffent privés des ornemmens, qui contribuent fi fort à la beauté des édifices, & qui en augmentent le prix. Ne lifons nous pas dans Pline, que dans Rome, & dans les pays circonvoifins, il y avoit, plufieurs frontifpices de temples d'architecture certainement Tofcane, fort eftimés par la beauté des ornemens, & par la fineffe du travail. Pline, & Vitruve ne nous apprent ils pas, que le frontifpice, & le faîte du Temple Capitolin étoient ornés de figures de terre cuite, & de quadriges de la même matiére. Que l'on fe garde bien pourtant de méprifer ces fortes d'ouvrages, quoi qu'ils foient faits d'une matiére de peu de valeur: pour en connoître le merite, & le prix, l'on n'a qu'à examiner l'excellent travail des vafes Etrufques dont nous

avons parlé ci deffus, leur fineffe, & leur élégance; l'agrément, & le goût de leurs anfes, & de certaines petites figures, & mafcarons dont on les trouve fouvent embellis. Quoique le vulgaire, comme l'obferve fagement M: le C, de Caylus, fe laiffe facilement éblouir par le luxe des ouvrages; pour les vrais connoiffeurs toutes les matieres font égales, par ce qu'ils ne cherchent dans l'ouvrage, que l'ouvrage même. Il eft cependant vrai, qu'il ne manquoit pas dans les temples des Tofcans de quoi fatisfaire la vûe, puifque, felon le rapport de Vitruve, c'étoit la coutume de ces peuples d'orner les temples de figures de bronze doré. J'aurois bien d'autres chofes à dire pour relever la reputation des anciens Tofcans, & en même tems de l'Italie, qui n'a pas tant d'obligation aux Grecs, que plufieurs ont voulu l'affurer. Mais il eft tems de finir ce raifonnement. Par ce que j'ai dit jufques ici, je me flatte d'avoir affez juftifié l'architecture Egyptienne, & Tofcane de défauts qu'on leur a attribué, & de m'être juftifié moi même de ce que j'ai mêlé dans ces deffeins les maniéres Gréques, avec les Egyptiennes, & les Etrufques. C'eft à la verité une loi bien injufte, que celle, que plufieurs voudroient nous impofer, de ne rien faire, qui ne foit tiré du Grec. Nos artiftes devroient donc tellement s'affujettir aux maniéres Gréques, qu'ils ne puiffent rien pren-

una legge ingiusta quella , che alcuni ci vorrebbero imporre di non far nulla, che Greco non sia . Dovrà dunque il talento de' nostri artefici farsi così vilmente schiavo alle Greche maniere , che nulla prender possa dell'altrui bello , ove questo Greco non sia, o di nascita , o almen di origine? Eh scuotiamo una volta sì indegno servaggio, e se gli Egizj , se gli Etrusci, ne' loro monumenti ci presentano vaghezza, leggiadria , eleganza , delle loro ricchezze facciamo pur uso . Non già copiando servilmente l'altrui , che ciò ad un mero mechanismo ridurrebbe l' architettura , e le nobili arti ; e biasimo anziché lode riporterebbe dal publico amante di nuove cose; e a cui per formare idea, e concetto del merito d'un artefice non basta , come taluno forse pensò negli anni addietro , un disegno di buon gusto , qualora questo altro non sia , che una copia di vecchio antico lavoro . Nè un artefice , che vuol farsi credito , e nome, non dee contentarsi di essere un fedele copista degli antichi, ma sù le costoro opere studiando mostrar dee altresì un genio inventore, e quasi disse creatore; e il Greco, e l'Etrusco, e l'Egiziano con saviezza combinando insieme , aprir si dee l'adito al ritrovamento di nuovi ornamenti , e di nuovi modi . Non è l'umano ingegno sì corto , e limitato , che dar non possa all'opere di architettura nuovi abbellimenti, e nuovi garbi, qualora si voglia ad uno studio attento, e profondo della natura accoppiare quello altresì degli antichi monumenti. Chi crede , che siano questi esausti , e nulla più siavi da scoprire in essi , s'inganna a gran partito . Nò , che questa vena , non è per anche isterilita . Nuovi pezzi escano di giorno in giorno di sotto le rovine , e nuove cose ci presentano ben capaci di fecondare , e imbizzarrire l'idee d'un artefice riflessivo, e pensante . Roma è certamente la miniera più fertile in questo genere , e non ostante che più nazioni sembrino fare a gara , a chi più possa arricchirsi delle nostre spoglie, le arti avranno qui un soccorso , che difficilmente troveranno altrove , la Scuola Romana formata sù questi seguiterà ad essere la madre del buon gusto , e del perfetto disegno , che è quel distintivo per cui sulle altre signoreggia; e per cui vede nel suo seno unirsi di varie , ed opposte contrade tanta fiorita gioventù , che quà viene ad apprendere la perfezione del disegno. Sanno bene , o saper debbono gl'intendenti , che ad ottenere questa perfezione non basta il possedere l'anatomia , l'assieme, le mosse &c. , convien sostenere il credi-

---

but what is Grecian, is indeed very unjust . Must the Genius of our artists be so basely enslaved to the Grecian manners , as not to dare to take what is beautiful elsewhere , if it be not of Grecian origin ? But let us at last shake of this shameful yoak , and if the Egyptians , and Tuscans present to us , in their monuments , beauty , grace , and elegance , let us borrow from their stock , not servilely copying from others , for this would reduce architecture and the noble arts a pitiful mechanism , and would deserve blame instead of praise from the public , who seek for novelty , and who would not form the most advantageous idea of an artist , as was perhaps the opinion some years ago , for a good design, if it was only a copy of some ancient work . No , an artist, who would do himself honour , and acquire a name, must not content himself with copying faithfully the ancients , but studying their works he ought to shew himself of an inventive , and , I had almost said , of a creating Genius; And by prudently combining the Grecian , the Tuscan , and the Egyptian together , he ought to open himself a road to the finding out of new ornaments and new manners . The human understanding is not so short and limited , as to be unable to add new graces , and embellishments to the works of architecture , if to au attentive and profound study of nature one would likewise join that of the ancient monuments . Whoever thinks that these are exhausted , and that nothing more is to be discovered in them is very much mistaken . No , this vein is not yet exhausted ; new pieces are daily dug out of the ruins , and new things present themselves to us , capable of fertilizing , and improving the ideas of an artist , who thinks , and reflects . Rome is certainly the most fruitful magazine of this kind, and notwithstanding that several Nations strive which shall most enrich themselves with our spoils , the arts will here have helps , which they will scarcely find elsewhere . The Roman school , founded upon these monuments , will continue to be the mother of good taste , and perfect design , which are the distinctive marks of her superiority over all others , and which bring such a number of hopeful youths from different nations into her bosom , there to learn the perfection of design . The connoisseurs know very well , or at least they ought to know that to arrive at this perfection , the knowledge of anatomy , of the whole together of the mo-

---

prendre de ce qu'ils trouvent de beau ailleurs . Secoüons donc un si indigue joug , & si les Egyptiens , & les Etrusques nous offrent dans leurs monuments , du beau, de l'agréable, & de l'élégant , imitons les, je ne dis pas en copiant servilement leurs ouvrages , ce qui réduiroit l'architecture , & les arts liberaux à un simple mechanisme , & nous attireroit plustôt le blâme, que l'applaudissement du public, qui aime toujours la nouveauté, & qui ne juge pas du mérite d'un artiste , comme plusieurs ont cru , sur un simple dessein de bon goût , dès que ce n'est qu' une copie de l'antique . Non , un artiste qui veut se faire un nom, & s'elever au-dessus du commun , ne doit point se contenter de copier fidelement les antiques ; mais en les étudiant, il doit montrer un genie inventeur , & pour ainsi dire créateur , & en combinant avec sagesse le Grec , l'Etrusque, & l'Egyptien , trouver le moïen d'inventer de nouvelles maniéres , & de nouveaux ornemens . L'esprit humain n'est pas si borné , qu'il ne puisse donner aux ouvrages d'architecture de nouveaux embellissemens , & un nouveau goût , en étudiant avec attention la nature , & les anciens monumens . Quiconque s'imagine que ces tresors soient épuisés , se trompe fort . Non , cette veine n'est point encore tarie . L'on tire tous les jours des ruines des anciens édifices , de nouveaux morceaux , qui nous presentent bien des choses , qui peuvent fertiliser , & embellir les idées d'un artiste , pour s' y perfectionner dans le dessein : Les connoisseurs savent bien , ou aumoins doivent-ils savoir , que pour acquérer cette perfection , ce n'est pas assez de savoir l'anatomie, l'ensemble, les mouvemens &c. L'on doit encore soûtenir le credit , la dignité , & la majesté de l'art ; c'est ce qu' exige l'école Romaine dans tous ses ouvrages , & sur tout dans ceux qui ont rapport à la religion . Elle veut par ex : qu' au premier coup d' oeil , que l'on jet-

R

34

credito, il decoro, e la maestà dell' arte; questo è quello, che vuole, e che esigge la Scuola Romana in ogni opera, ma molto più in quella, che riguardano la Religione. Vuole, che l'occhio al primo incontrarsi in un Salvatore per esempio, vi ravvisi subito il divino; vuole che la finezza della fisonomia, il gesto delle braccia, l'attitudine del corpo, le pieghe degli abiti, la tinta, il tutto finalmente non solo sia condotto con finezza, ma abbia altresì quel grande, quel savio, che ad un soggetto Divino si conviene. Il grande impegno della scuola Romana è la correzzione delle figure: non li ferma ella a biadure, se il colorito è pieno di bizzarria, di lumi, di tinte; se le mosse sono strizzanti, e di fuoco. Tutto quello ella dispregierà facilmente se nel disegno non si sarà mantenuta, e conservata la dignità di ciascuna, del soggetto, e del luogo. Così Licinio matematico, come mi sovvien d'aver letto, corresse gli Alabandesi, perchè le statue del loro Foro tenevano il disco, e quelle del Ginnasio il libro; mostrando con ciò, che non conoscevano il decoro, che noi chiamiamo perfezione del disegno. Questa perfezione stabilisce la scuola Romana nella franchezza di que' primi lineamenti, a somiglianza degli Egiziani, come si ravvisa nelle figure delle loro guglie, un gran taglio di petto, strettezza ne' fianchi, divisione ne' medesimi, altra dal mezzo dell'umbilico; onde è, che ne risulta la schiena magnifica, il Deltoide grande, le cosce grandiose, gli estremi proporzionati: strettezza di fronte nelle parti della testa, larghezza di mascella, le punte delle labra corte frà il naso, e la bocca; e nelle pieghe sempre ritrovasi il nudo. Tutto quello, che forma la perfezione del disegno esigge Roma, e tutto questo ci mostrano i monumenti, non solo Greci, ma eziandio Toscani; nè quei solo, che trovarono i nostri maggiori, ma quegli altresì, che andiamo, come dicea poc'anzi, nuovamente scoprendo noi medesimi in quella Città, e ne' paesi circonvicini. Per me attento a quanto esce di mano in mano mi trovo, la Dio mercè, una non ispregievole raccolta di vecchi monumenti, capitelli, colonne, cornici, fregi, teste, busti, bassirilievi, urnette, ed altre sì fatte anticaglie estratte dalla villa d'Adriano, dal Tusculo, e da altri luoghi ove ho fatto scavare a bella posta. Questi monumenti, quali d'ottimo gusto, e lavoro, quali di mediocre, quali nobili, e maestosi, quali bizzarri, e capricciosi, uniti allo studio della natura, e de-

motions, &c. are not sufficient. It is moreover necessary to mentain the credit, the dignity, and the majesty of the art: this is what the Roman school requires in every work, but much more in those which regard Religion. It requires that the eye, on the first glance that it casts on the image of a Saviour for exemple, should immediately behold in it something Divine, it requires that the attitude of the body, the folds of the garments, the arms, the attitude of the body, the folds of the garments, the colour, and finine that the whole be not only conducted with wisdom, but that it be likewise accompanied with that dignity and gravity, sutable to the Divinity. The Roman school aims chiefly at the correctness of the figures. It does not stop to consider whether the colouring, the lights and tints be strong, or whether the motions are smart and full of fire: the Roman school will easily despise these qualities, if in the design the dignity of the subject and the propriety of place be not preserved. It was for this defect that Licinius the Mathematician reproved the Alabandenses because the statues of their Forum held the Discus, and those of the Gymnasium the book, intimating by this, that they did not understand propriety, which we call perfection of design. The Roman school places this perfection in the freedom of the first strokes, as the Egyptians did, as may be seen in the figures on their obelisks, a broad chest, a slender waste, the division of the same, as likewise that from the middle of the navel; hence it is that the back becomes magnificent, the Deltoid large, the thighs grandiose, and the extremities proportioned: with regard to the head, a narrow forehead, broad jaws, the distance between the mouth and nose small, and in the folds the naked is always discovered. Rome requires all this, which constitutes the perfection of design, and all this is to be seen not only in the Grecian monuments but likewise in those of the Tuscans, not only in those found by our ancestors, but also in those which we our selves, as I said before, discover in this City and the adjacent country. I am attentive to those frequent discoveries, and I have, I thank God, made a considerable collection of ancient monuments, as capitals, columns, cornices, friezes, heads, busts, basso relievos, urns, and such like remains of antiquity found in the Villa of Adrian, Tusculum, and other places, where I have been at the expence of digging for that purpose. These ornaments, some of which are of an excellent taste, and workmanship, others mid-

jette sur un Sauveur, l'œil y apperçoive d'abord le Divin: Elle veut que la finesse de la physionomie, les gestes des bras, l'attitude du corps, les plis des habits, le coloris, le tout enfin soit non feulement ménagé avec habileté, mais ait en même tems le grand, & le savant qui convient à la divinité. L'Ecole Romaine donne tous ses soins en particulier à la correction des figures. Elle ne s'arrête pas à examiner si le coloris est beau, lumineux, si les couleurs sont bien distribuées, & variées, si les mouvemens sont remplis de feu: elle ne sera même aucun cas de ces qualités, si dans le dessein l'on n'a pas eu soin de conserver la dignité du sujet, & du lieu. C'est pour quoi le Mathématicien Licinius, ainsi que je me souviens d'avoir lu, reprit les Alabandois, par ce que les statues de leur principale place avoient le disque, & celles du gymnase le livre; montrant par là qu'ils ne connoissoient pas la dignité, que nous appellons perfection du dessein. C'est cette perfection qu'enseigne l'Ecole Romaine, principalement pour la justesse des premiers traits, à l'exemple des Egyptiens, comme on le voit dans les figures de leurs obelisques, une poitrine large, les côtés étroits, & bien distingués, le milieu du nombril bien partagé: d'où il s'ensuit

que le dos est magnifique, le Deltoide grand, les cuisses grandieuses, les extremités proportionnées: dans les parties de la tête du front étroit, la machoire large, les pointes des levres courtes entre le nez, & la bouche; & les plis de l'établissement n'empêchent pas le nud de se faire sentir. Rome exige donc tout ce, qui peut contribuer à la perfection du dessein, & c'est aussi ce que nous montrent les monuments tant Grecs, que Toscans, & non seulement ceux que trouverent nos ancêtres, mais aussi ceux que nous decouvrons tous les jours dans cette Ville, & dans les pais circonvoisins. Pour moi, qui suis attentif à toutes les découvertes, que l'on fait journellement, je me trouve grace à Dieu, par ce moïen, une bonne quantité de vieux monuments; comme chapiteaux, colonnes, corniches, frises, têtes, bustes, bas-reliefs, petites urnes, & autres semblables antiques tirés de la maison de plaisance d'Adrien, de Tusculum, & d'autres endroits, où j'ai fait creuser exprès. Ces monuments, dont les uns sont d'un goût, & d'un travail excellent, les autres mediocres, les uns nobles, & majestueux, les autres bizares, & capricieux, unis à l'étude de la nature, & des anciens, aux reflexions que j'ai faites sur les anciens usa-

e degli antichi autori, alla riflessione sulle antiche costumanze, e sulle moderne, m'anno messo in istato di uscire co' miei lavori dalla vecchia, e monotona carreggiata, e di poter presentare al publico qualche cosa di nuovo in questo genere. Forse vi farà qualcuno a cui piacerà di dare alle mie opere il nome di stravaganze, ma chiunque questi sia, io lo prego a mostrarmi contro quali leggi, e regole di buon disegno, di proporzione, di carattere, di stabilimento, esse pecchino. Quando non sia in grado di farmi vedere si fatti difetti, poco mi metterò in pena con qual nome vengano caratterizati i miei lavori, da chi crede stravaganza tutto ciò, che esce dal vecchio monotono stile. Spero che il publico farà giustizia alle mie fatiche, e riconoscerà, se non altro in questi miei disegni, e in quelli, che farò per dare in appresso un vivo zelo per le belle arti, e principalmente per l'architettura.

middling, some noble and majestic, others fantastic and capricious, being joined with the study of nature and of the ancient writers, and with reflection on the ancient and modern customs, have enabled me to get out of the old monotonous track, and to present the public with something new in this branch. Some one will perhaps accuse my works of extravagance, but whoever he may be, I desire he will shew me where they are wanting with regard to the laws and rules of good design, of proportion, of character, and of form. If he be not able to shew me these defects, I shall be very easy by what names my works shall be characterised by such as think every thing extravagant which deviates from the old monotonous stile. I hope the public will do justice to my labours, and will discover in these designs, and in those which I shall hereafter publish, an ardent zeal for the fine arts, but chiefly for architecture.

usages, & sur les modernes, m'ont mis en état de composer differents ouvrages, sans m'assujettir à l'ancienne monotonie, & de présenter au public quelque chose de nouveau dans ce genre. Peut-être quelqu'un traitera-t-il mes ouvrages d'extravagants, mais qu'il me sisse la grace de me dire contre quelles regles de bon dessein, de proportion, de caractere, & de forme ils péchent. S'il n'est pas en état d'y trouver ces deffauts, je me metterai peu en peine que l'on critique mes ouvrages, parcequ' ils s'écartent de la monotonie trop uniforme du vieux stile. J'espere que le public rendra justice à mon travail, & s'il m'applaudit pas à ces desseins, & à ceux que je lui presenterai par la suite, du moins louera-t-il mon zéle pour les beaux arts, & en particulier pour l'architecture.

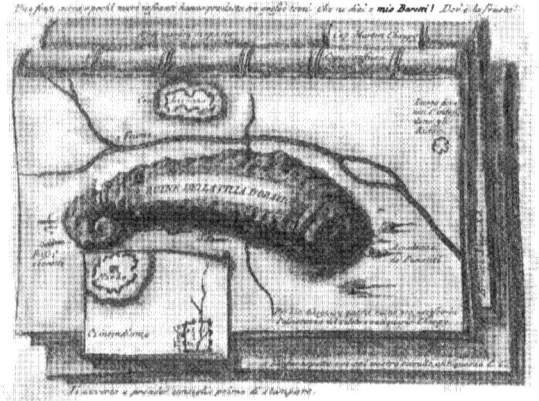

I M P R I M A T U R,

Si videbitur Reverendiffimo Patri Magiftro Sacri Palatii Apoftolici.

Dominicus Jordani Patriarcha Antioch. Vicefgerens.

I M P R I M A T U R.

Fr. Thomas Auguftinus Ricchinius Ordinis Prædicatorum, Sacri Palatii Apoftolici
Magifter.

AVVISO AL PUBLICO.

L'Appofto difegno del Cammino, che ho fatto efeguire in marmo per Milord Exeter non è riufcito poi in iftampa con quella felicità, che avrei voluto per rappre- fentarlo qual'è in fatti. Oltrechè il rame non fa rifaltare la ricchezza degli ornamenti; il chiarofcuro non efprime a quel punto, che defideravo gli alti, e i baffi, e quel maggiore, e minor rilievo, che ha l'opera; e che forma il buono, e il cattivo d'un lavoro, come gl'intendenti ben fanno. Quei però che vedranno il Cammino fteffo, conofceranno facilmente di quanto all'originale fia infe- riore la copia. Se in quefta l'occhio non ravvifa felice- mente efpreffa quell'armonia, che il tutto ha con le fue parti, e la giufta degradazione degli alti, e de' baffi; i buoni conofcitori a un colpo d'occhio ben lo ravvifano in quello. Tale appunto è ftato il giudizio di Milord. Ho creduto tuttavia, che il rifpetto, che ho, ed avrò fem- pre pel pubblico, non mi rendeffe lecito il diffimulare l'occorfo difetto. E perchè potrebbe forfe fembrare a qual- che Critico, che in alcuni di quefti rami v'abbia un non fo che di crudo, di afpro, di fconcertato, e di voragi- nofo, cosi mi credo in obbligo di avvertirlo, che tutto ciò non è colpa, che del chiarofcuro, il quale in tanta moltiplicità di cofe, non ha fecondato fempre l'intenzio- ne, e l'idee dell'autore. Il bulino, e l'intaglio ad acqua forte non ha ubbidito all'incifore, come avrebbe voluto l'architetto, e quefti ha meglio amato di lafciare il rame meno perfetto, che di metterlo a rifchio di reftar de- formato, col ritornarvi fopra un'altra volta.

AVVERTISEMENT.

THe defign of the oppofite Chimney, which I got executed in marble for the Earl of Exeter, has not fucceded fo happily in the print as I could have wished, and as it ought to have done to have reprefented the origi- nal. The plate does not only not do juftice to the richnefs of the ornaments, but the clear-obfcure does not exprefs to my fatisfaction that high and low, and thofe different degradations of relievo, which are in the work it felf, and which conftitute the merit or demerit of a perfor- mance, as is well known to the Connoiffeurs. But thofe, who fhall fee the Chimney it felf, will eafily perceive how much the original furpaffes the copy. If in this the eye does not perceive that harmony happily expreffed, which the whole has with its parts, and the juft degrada- tion of the high and low; the true connoiffeurs will eafily perceive it in the firft, fuch was the opinion of his Lord- fhip, I thought it however incompatible with the refpect I have and fhall always have for the public to diffemble the defect in queftion. And as it may perhaps feem to fome Critics that in thefe plates there is fomthing hard, harfh, unharmonious, and confufed, I think my felf obli- ged to acquaint them, that all this proceeds from the de- fect of the Clear-obfcure which, in fuch a multiplicity of things, has not always anfwered the ideas of the author. The graver and the aqua fortis have not been fo obedient to the Ingraver as the Architect could have wished, and he rather chofe to leave the plates lefs perfect, than to run the risk of fpoiling them by working them over again.

AVIS AU PUBLIC.

L E deffein de Cheminée ci joint, que j'ai fait éxécuter en marbre pour Milord Exeter n'a pas fi bien réuffi à l'impreffion, qu'il auroit été à fouhaiter, pour le faire voir tel qu'il eft en effet. Outre que la planche ne releve pas affez la richeffe des ornemens; le clair obfcur n'exprime pas non plus autant que je le defirerois les hauts, & les bas, & ce plus, & ce moins de relief qu'il y a dans l'ouvrage, ce qui en confti- tue le bon, & le mauvais, comme les connoiffeurs le favent bien. Il fuffira cependant d'examiner la cheminée même, pour fentir la difference, qu'il y a entre l'original, & la copie. Si l'on ne trouve pas dans l'une, toute l'harmonie qu'il doit y avoir entre le tout & fes parties, cette jufte dégra- dation des hauts, & des bas; les vrais connoiffeurs au pre- mier coup d'oeil, la découvriront dans l'autre. Tel eft auffi le jugement, que Milord en a porté. J'ai cru néanmoins, que le refpect, que j'ai, & que j'aurai toujours pour le pu- blic, ne me permettroit pas de diffimuler ce deftaut. Mais comme il pourroit fort bien arriver, que quelque efprit cri- tique trouveroit dans quelques unes de ces planches un je ne fais quoi de cru, & de dur, fans accord, & plein de con- fufion; c'eft pourquoi je me crois obligé d'avertir, que tout le mal vient du clair-obfcur, qui parmi une fi grande multiplicité de chofes n'a pas toujours fécondé les idées, & l'intenfion de l'Auteur. Le burin, & la gravure à l'eau forte n'a pas obéi au Graveur comme l'auroit fouhaité l'Ar- chitecte, & il a mieux aimé laiffer la planche moins par- faite, que de fe mettre dans le cas de la défigurer, en y repaffant tout de nouveau.

Cammino che si vede nel Palazzo di Sua Eccza Milord Conte D'Exeter a Burghley in Inghilterra.
Le Cariatidi e li tre Cammei di pietra rossa d'Egitto con fondo lattato sono antichi, tutto il resto de'
suoi finissimi intagli sono di marmo bianco, le cornici de'Cammei e l'orlo della tavola di pietra rossa sopra la cornice, sono di metallo dorato. Fatto in Roma con la direzzione e disegno del Cav. Gio. Batta Piranesi Architetto.

Le Cariatidi l'architrave e gli altri pezzi di marmo sono avanzi di
opere antiche dal Cavaliere Piranesi uniti insieme a formare il presente
camino, che si vede in Olanda nel gabinetto del Cavaliere Giovanni Hope

Cavaliere Piranesi inven. ed incise

Questta Camino si veda in marmo nel gabinetto di S.E.
Sr Sig.r Prencipe D.Abondio Rezzonico Senator di Roma

17.

Camino architettato alla maniera Egizzana, con utromenti e simboli allusivi alla Religione, e a costumi di questa nazione: come anche si vede adornato con la stessa architettura il suo Focolare di ferro. Questo Focolare, e tutti gl'altri che si vedono nell'altre tavole di quest'opera alla maniera o Egizzana, o Greca, o Toscana, sono in grand'uso presso gl'Inglesi, e vengono travagliati da detta Nazione con grande attenzione e fatica, e con gran bizzarria di trafori ne'loro intagli. Nel suto A.B. sin mettono il carbone per iscaldarsi.

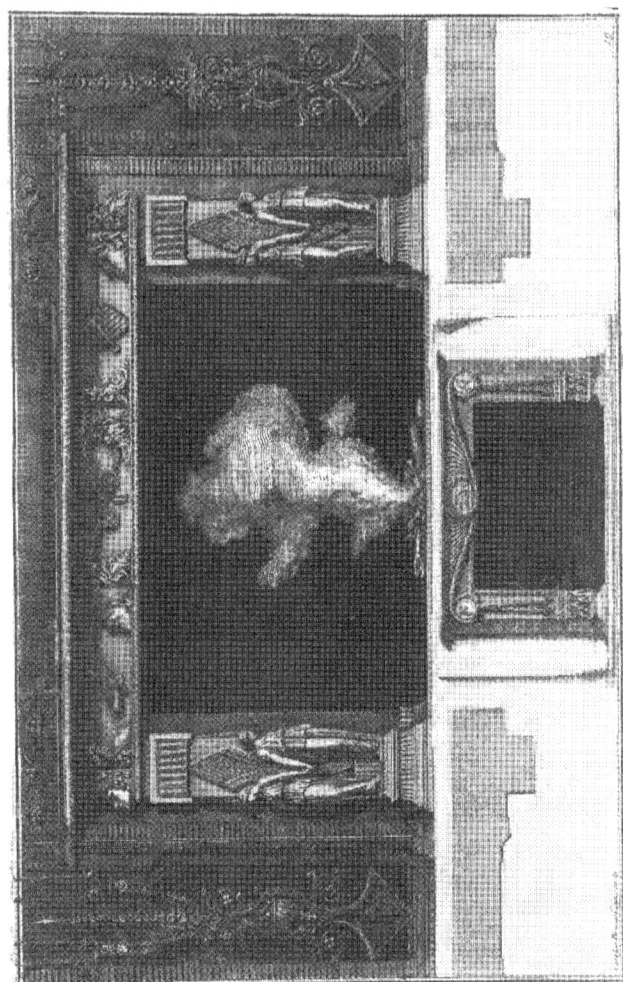

Spaccato della bottega ad uso di caffè detta degl'Inglesi situata vicino alla Piazza di Spagna. La parete dipinta di questa bottega rappresentano un Vestibulo adornato di Simboli Geroglifici, e di altre cose adattate alla Religione, e politica degl'antichi Egiziani
Vi s'intrecciano vi si vedono le fertili campagne, il Nilo e quelli maestosi sepolcri della medesima nazione.

Disegno ed invenzione del Cavalier Piranesi.

Piranesi inv. 146

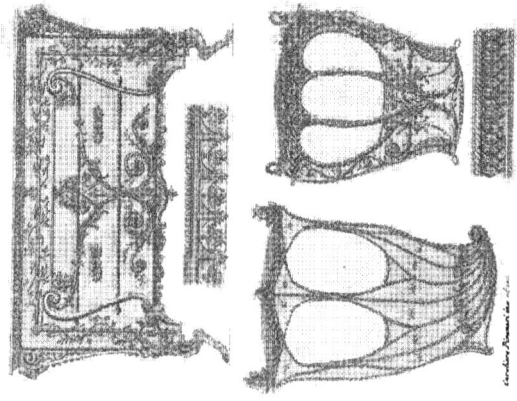

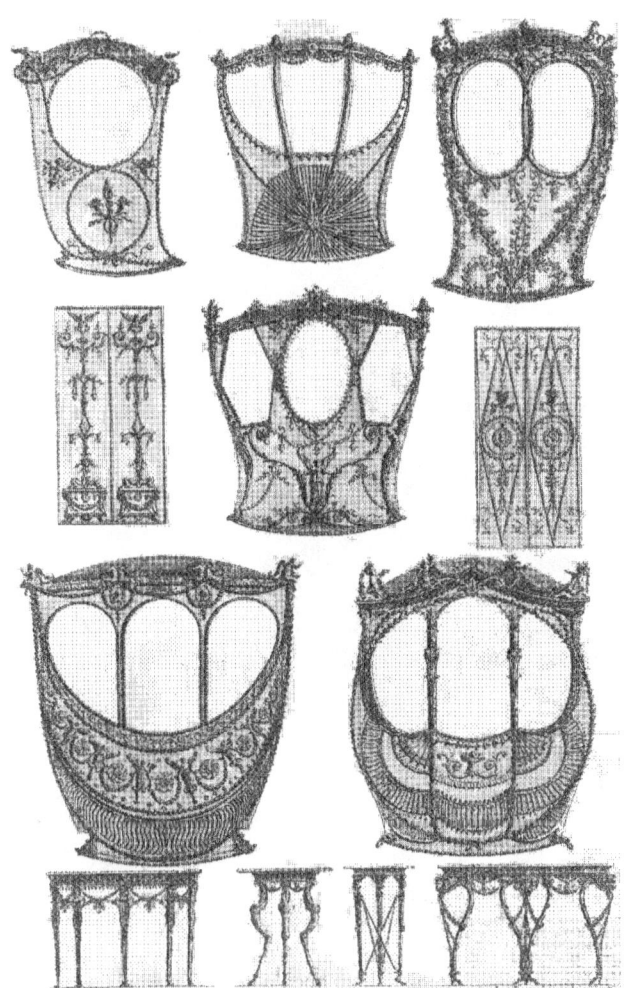

*Questo tavolino ed alcuni altri ornamenti che sono sparsi in quest'opera, si
vedono nell'appartamento di Sua Ecc.za Monsig.r D. Gio Batta Rezzonico
Nipote e Maggiorduomo di N.º S. PP. Clemente XIII.*

Cavalier Piranesi inv. e inc.

Quest'orologio &c è stato eseguito in metallo dorato, per ordine di Sua Ecca il Sigr D. Abondio Rezzonico Senatore di Roma, come ancora alcuni altri ornamenti che si vedono sparsi nelle altre tavole di questa raccolta quali sono stati messi in opera ad uso Palazzo sul Campidoglio.

65